もくじ

改造、その後

157

イラストレーション／田中海帆
ブックデザイン／城所潤（ジュン・キドコロ・デザイン）

改造計画スタート

1

「あのさぁ、おれ、すげえこと決めたんだけど。おまえ、協力してくれるよな？」

光也《みつや》は、両手で持っていた一眼レフを下ろして、となりにいるヤナギに聞いた。

返事を待つ間、不意に強炭酸水のペットボトルが頭に浮《う》かんだ。初めてこのドリンクを手にしたとき、どのくらい喉《のど》にガツッと来るのか想像がつかなくて、胸が高鳴った。今、そのときと同じ感覚だ。

しかし、それはヤナギには伝わらなかった。

「すげえこと、って自分で言うかな。ハードルを無駄《むだ》に上げてさ」

足を引っ張るようなことを、しかも上の空で言っている。ヤナギは、間もなくやってくるモノレールを待って、シャッターを切るつもりらしかった。

撮影《さつえい》が終わるまで待ってやろう、と光也は開きかけた口を閉じた。

カーブを曲がってくるので、モノレールの動きはゆっくりだ。午後の日差しを浴びて、車両は銀色に光っている。それをヤナギは連写していた。

「あー、指が冷えてきた」

「一月にしてはあったかいけどな」

昼下がりの気温は十度だった。でも、夕方の今は、たしかに冷えてきている。

「ヤナギ、まだ？」

敢《あ》えてモノレールが通過する瞬間《しゅんかん》に、光也は邪魔《じゃま》をしてみた。

「ヤナギヤナギっておまえが呼ぶから、本名だと思ってるやつ、けっこういるんだぞ」

本名は大柳朋紀《おおやなぎとものり》。名字が五音もあるのは長すぎるだろ、と光也は思い、中学一年生のときは「オヤナギ」と呼んでいた。でも、二年生になるとそれすらも長く感じて、「ヤナギ」と略すようになった。もしかしたらまだ通過点なのかもしれない。来年はさらに省略して「ナギ」と呼ぶようになって、卒業するころには「ギ」に落ち着く可能性がある。

ヤナギはカメラを下ろした。今度はスマホを取り出して、何か操作をしている。

光也はもう待つのをやめた。

「中三になったらすぐ生徒会の選挙あるだろ？　おれ、生徒会長に立候補することにした」

ギャ！　という声が響《ひび》いた。ヤナギが、スマホを地面に落としていた。

「やめろよぉ、光也。何を言い出すんだよ。スマホ壊《こわ》れたらどうしてくれるんだよー。あ、全然平気だった」

拾って無事を確認してから、ヤナギは光也を見た。

「なんだって？　多分聞き違《ちが》えた」

「多分聞き違えてねえよ。生徒会長に立候補する」

まさに、強炭酸水を一気飲みした気分だ。食道から胃に向かって泡《あわ》がはじけ、流れていくような。

ヤナギに問われるまま、決めたきっかけを説明するつもりで、光也は質問を待った。

おれもさ、まさか自分が立候補するなんてちょっと前まで考えてもいなかったんだ。実はさ——。

ところが、ヤナギは笑い始めた。

「ないないない。またそんな面白い冗談《じょうだん》を」

スマホを腹に押《お》し付けて、しゃがみ込《こ》んで笑っている。笑いすぎだろ。光也は、ヤナギの膝《ひざ》のあたりをぽんと蹴《け》ったらどうなるだろうと想像した。バランスを崩《くず》して、ゴロンゴロンと転がるに違いない。リアルに「笑い転げ」るやつを、この一眼レフで激写できたら、最高傑作《けっさく》になりそうだ。

「本気だよ。おれ、立候補するから、おまえを選挙対策委員長に任命する。今、一月中旬《ちゅうじゅん》で選挙は五月中旬だからあと四ヶ月ある。その間に対策立てようぜ」

よしわかった！　熱い抱擁《ほうよう》！

ヤナギがそんな反応を見せるはずはなかった。でも、「本気」だと言っているのだから、真顔になってもいいはずなのに、いつまで笑っているのだ。光也がにらんだせいか、ようやくヤナギは笑うのをやめた。

「おまえ、立候補ってさぁ、まさか当選すると思ってる？」

なぜだかヤナギはため息まじりだ。

「当選するために立候補するんだろ」

「おまえに投票するやつ、何人いるんだよ」

「それは、おれの方針次第《しだい》だろ。生徒会長になったら何やるか、その選挙演説次第で、生徒の気持ちをつかめるかどうかが決まるだろ。その方針もおまえにはいっしょに考えてもらうつもりでい――」

「違うだろ」

さえぎられた。

「生徒会長って、人気投票だろ。みんなに好かれてるいい人が選ばれるわけだろ？」

「まあ、そういう一面もあるのかもしれない」

「だとしたら、おまえはアウトじゃんか」

「なんでだよ」

「それ、おれが言わなきゃいけない？　疲《つか》れるんですけど」

ヤナギは、自分のまぶたに両手の指を当ててマッサージし始めた。

「あのさ、おまえ自分の性格どう分析《ぶんせき》してんの。世の中の人間を『いいやつ』か『ややつ』か、どっちかに必ず分類しなきゃいけないとしたら、おまえは自分を――」

「そりゃ二択《たく》なら『いいやつ』だろ」

「うーん、その自己評価さぁ」

何が言いたいのだ。

本当は今、「冬の夕陽《ゆうひ》」をテーマに写真を撮《と》らなくてはいけない時間だった。光也もヤナギも、写真動画部に所属している。

普段《ふだん》、部員たちは好き勝手に撮ったり編集したりしているのだが、この日は新年最初の部活なので、テーマをしぼってみんなで活動することになった。「冬の夕陽」の写真か動画を好きな場所で撮影《さつえい》して、明日の放課後までに、部員専用ページにアップロードするのだ。

この場所は、中学から徒歩二十分のところにある、隠《かく》れスポットだ。モノレールの後ろに、古い洋館と海が入る絶好のアングルなのだった。

でも、撮っている場合ではないと光也は思った。

「あのさ、ヤナギ。お笑い芸人のタルームが、ドッキリかけられた番組、見た？　見たよな。ガチで悪口言ってただろ、陰《かげ》で。それにドッキリってわかったら、めちゃめちゃキレて空気悪くして。ああいうのこそ、やなやつだろうが」

「あーはい、見た見た」

「あと小六んときの科田《しなだ》。六年の終わりに転校していった。あいつ、いじめを強要してただろ。自分は表に出ないで人にやらせて。ああいうのもやなやつ」

ちゃんと伝わっただろうか。するとヤナギが口を開いた。

「おまえが言ってるのは、偏差値《へんさち》75くらいの『やなやつ』だろ？　でも、実際には偏差値60とか65とか、いろんなレベルのやつがいて……まあ、おまえは60くらいかな？」

なんで「やなやつ」偏差値60に認定されなきゃならないんだよ。そこそこ高い数字じゃねーかっ。しかし、光也はこらえた。他に、選挙対策委員長をやってくれるやつが思い浮《う》かばない。

「おれが『やなやつ』である証拠《しょうこ》を挙げてもらおうじゃないか」

そう言い放ちながら、光也はカメラをバッグにしまった。「夕陽」の写真を撮る気分になどなれない。家に帰って、過去に撮った夕景の写真からそれらしいのを引っ張り出せばいいだろう。

ヤナギはすらすらと答え始めた。

「おまえってさ、黒い霧《きり》みたいなのが出るじゃん。イライラしたとき」

「なんだよ、黒い霧って」

「腹が立ってるのが伝わってくるんだよ。悪いオーラみたいなやつ。頭の上から出てくるんだよ。あと、体の周りにもさ」

「いつそんなのが出たよ」

「たとえば、今」

言われて光也は思わず体の周りを見回した。

「どこに、霧が！」

「周りの人は見えるんだって。そんでおまえに気を遣《つか》うわけ。イヤだろ？　そういうやつが近くにいたら」

「む……」

「要するにおまえって気まぐれなんだよな」

ヤナギもスマホを片づけ、地面に転がしてあったリュックを背負った。

ふたりは、モノレールの線路から外れ、学校の方へ向かった。このあたりは入江《いりえ》になっていて、波が穏《おだ》やかだ。手前に漁船が並んでいて、湾《わん》の奥《おく》の方はヨットハーバーで、たくさんのマストがゆれている。

風のない日でよかった、と光也はバッグを抱《かか》え直した。強風だと寒さがコートのなかにしみ込《こ》んでくる。

「それに、おまえってさ、変にガンコっていうか融通《ゆうずう》きかないっていうか」

「たとえば？」

「たとえば、小学生んとき、おれら卓球部《たっきゅうぶ》だったじゃんか」

この部活は、授業の延長線上にある全員参加のクラブ活動とは別だ。外部のコーチが放課後に週三回来てくれる有志の活動だった。年に二回、市の大会にもエントリーしていた。

光也は胸を張った。

「おれ、六年のとき、キャプテンだったろ。人望あったってことだよ」

「人望あったかなぁ。みんなやりたくなくて、おまえに任せただけだろ」

「なんだと？」

「おまえ、妙《みょう》に厳しかったよな。六年のとき、新しい四年生が六人入ってきたよな？　そのうちのふたりが条件つけてきたよな？　青山は塾《じゅく》があるから週一回しか出られない、って」

「言ってた」

「試合にも出られないいし、別に上達もしなくていい。でも卓球好きだから入りたいって。けど、おまえ、全否定したじゃん」

「そりゃするだろ。週三回のうち二回休むんなら意味なさすぎるだろ。コーチが言うより前におれが言ってやっただけだよ」

「あと、奥谷《おくたに》はそこそこすばしこいのに、トレーニングのときは、腕立《うでた》て伏《ふ》せが全然できなくって」

「おまえ、よく名前覚えてるね。すぐ、やめちゃったのに」

「やめちゃった、っておまえにも責任があるだろ？」

「そうかな？」

「腕立て伏せ、やるまでトレーニング終えちゃダメだって」

「『君だけやらなくてイイでしゅよ』って甘《あま》やかすわけにいかねーだろ。おれも横でいっしょにやってたんだから、いじめてたように言われるのは心外だぜ」

光也はヤナギをじろりと見たが、ヤナギは海の方を眺《なが》めながら歩いていて、目が合わなかった。

ふたりは橋を渡《わた》った。校舎の横から蛇行《だこう》してきた川が、ちょうど海に注ぎ込《こ》んでいる。

「そういうとこなんだよな。別にあのクラブにいたって、プロの選手になれるわけじゃないんだから、そんなに厳しくしなくってても。部員が多い方が活気あったのにさ」

「おれは間違《まちが》ってない」

「でもきっと、青山と奥谷はおまえのことが嫌《きら》いだぜ？」

「小学校のことはもう関係ねーだろ」

「選挙は、新一年生が入学してからだろ？　五月だから。青山と奥谷が入学してくる可能性はある。うちの中学を受験するなら」

「む」

「おまえに一票入れると思うか？　むしろ、『小学校のときに……』って悪い噂《うわさ》を立てられる可能性だってある」

自転車が歩道を猛《もう》スピードでビュンと走り抜《ぬ》けていった。

「危ねーな、クソ！」

光也は八つ当たりしたくなる。

海沿いを歩いていくと、右手にふたりの学校、すなわち海乃島《うみのしま》学園中学が見えてくる。

創立四十五年の歴史をもつ共学校で、建物は古い。三階建ての白い長方形が二つ。本校舎と東校舎だ。グラウンドは広くて、野球部と陸上部が練習している。

中高一貫校《いっかんこう》だが、高校の校舎は駅の反対側にあるので普段《ふだん》の交流はない。

校舎の横を通り過ぎると、さっきの川にまたぶち当たる。秋には、川岸にコスモスがいっぱい咲《さ》くのだが、今は枯《か》れたススキばっかりだ。

「あとは？」

そろそろヤナギも言うことがなくなったかと思って光也は聞いてみた。

「あとは、人の悪口を言うだろ？」

まだ言うことはあるようだ。

「ツッコミと言ってくれ。おまえも言うじゃないか」

「そう、おれも言う。そういうとこ、おまえと合うんだよ。だけど、おれとおまえで一つだけ大きな違《ちが》いがあるんだよ。わかるか」

「顔のよさ」

「じゃなくって～、『生徒会長の選挙に立候補するかどうか』だよ。おれは出ないから、毒舌こいてても別にいいの。おまえは実質『人望選手権』に出る割に、全然ダメだろ、って話。そもそもさ、なんで突然《とつぜん》生徒会長になろうなんて思うわけ？　キャラに合ってないスよ？」

光也は、この質問を待ちわびていたのだった。

「おれにはちゃんと理由があるんだよ」

十日前の出来事を光也は思い出していた。

2

一月二日のことだ。

光也《みつや》は、祖父母の家に行った。父方の親戚《しんせき》、つまり京座木《きょうざき》家一族は、新年に集まって宴会《えんかい》をすると決まっている。

襖《ふすま》を開けると、食堂と居間がつながる。長い座卓《ざたく》と普通《ふつう》の座卓をつなぎ、ざぶとんをずらりと並べた。二十人以上が毎年集まる。

「はい、あけましておめでとうございまーす。今年もおれたち、光也アンド時雄《ときお》が仕切りまーす」

光也といとこの時雄が、マイクを持って司会をするのが恒例《こうれい》だ。小学生の頃《ころ》は、司会だけじゃなくて出し物もやっていた。

おじいちゃんの挨拶《あいさつ》の後、市議会議員の元春《もとはる》伯父《おじ》さんが乾杯《かんぱい》の音頭を取って、会食が始まった。お父さんはおばあちゃんのすぐ横にいる。お母さんは伯母《おば》さんたちとおしゃべりしながら、お雑煮《ぞうに》を食べている。

光也は長い座卓《ざたく》の端《はし》に座って、数の子や黒豆など好きなものだけ皿にのせて食べ始めた。すると、元春伯父《おじ》さんがとなりに来た。

「おい、光也くん。相変わらず司会、うまいな」

「どうもです」

口をもぐもぐ動かしながら光也は答えた。また後半、時雄とマイクを持つことになっているので、本当はだれにも邪魔《じゃま》されずに食べたかった。が、伯父さんは上機嫌《じょうきげん》で続ける。

「光也くん、君な。政治に興味はないか？」

「政治？　うーん」

「興味を持つべきだ。君のような若者が日本を変えていくんだ」

伯父さんの飛ばしたツバの行方《ゆくえ》が気になって、光也は曖昧《あいまい》に答えた。

「んー、あ、はい」

元春伯父さんは、ここ入江《いりえ》市のとなりにある大賀《おおが》市で市議会議員をやっている。光也の通う海乃島《うみのしま》学園中学校は、ちょうど市と市の境にあるため、大賀市民の生徒も多い。

元春伯父さんは前髪《まえがみ》の生え際《ぎわ》が後退しているので、おでこが広くて、それが頭のいい学者っぽい雰囲気《ふんいき》を出している。目がでかくて声もでかめ。〝圧〟が強い。

「光也くん、私は一般論《いっぱんろん》を話したいわけじゃないんだ。君、市議会議員の仕事に興味はないかい？」

返事しづらい。光也は下を向いた。正直、本当に興味を持ったことがないから。総理大臣や国会議員や市長ならともかく、市議会議員はイメージが湧《わ》かない。

すると、右どなりから尊叔父《たけるおじ》さんが、光也の耳元でささやいてきた。

「相当儲《もう》かるってよ」

「へ？」

「市議会議員の収入、いいらしいぞ」

「ええーっ！」

光也は、元春伯父さんの顔を見た。伯父さんはニッと笑う。

「政令指定都市だから、月額だけで他の市町村の平均の倍以上あるんだ。ただし経費も込《こ》み。たとえば支持者の冠婚葬祭《かんこんそうさい》。亡《な》くなった方の葬儀《そうぎ》に直接行ってお渡《わた》しする香典だってここから出すから、正直、自分の生活費に使えるのは何割かになるけども」

将来の仕事、か。光也は返事を忘れて考え込《こ》んだ。お父さんは、物流会社の倉庫のシステム設計をしている。でも、それはもしかして二十年後にはＡＩがやる仕事なのかもしれない。

ＡＩがやれない仕事……そうだ、政治家はまさにそんな職業だ。政治をＡＩに任せてしまったら、人間が人間を放棄《ほうき》するようなものではないか。

そう気づいた光也は、前向きな言葉を探してみた。

「興味あるか微妙《びみょう》だけど、伯父《おじ》さんの選挙ポスター見ると、おれの身内だし！　ってうれしくなるよ」

「おおーっ、そうか！　今、地方の政治家がどんどん足りなくなっているの、知ってるか？　町会議員が定員に満たない町もある」

「え」

「雇用《こよう》の保証のある仕事と違《ちが》って、四年ごとに選挙で不安定だからかな。でも、街づくりのために頑張《がんば》るっていうのはやりがいのある仕事だぞ。光也が興味あるなら、ずっとずっと先の話だが、私の後継者《こうけいしゃ》としてだな」

「市議会議員に後継者とかあるの？」

「いや、まあ厳密に言えば、ないんだが、私の支持者はいるわけだ。もし私が引退、もしくは国政にでも打って出るっていう場合に『京座木』という名前の後任がいたら、人柄次第《ひとがらしだい》だが、応援《おうえん》してくれる人は多いだろう。うちはほら、ひとり息子《むすこ》があんなだから」

息子の一輝《かずき》兄ちゃんは今、お笑い芸人として修業している。いつ花開くのかは不明だ。

「なんで、おれに？」

他にもいとこはいるのにさ、と思いながら聞いてみた。すると伯父さんは、パンと光也の肩《かた》を叩《たた》いた。

「そりゃ光也は、昔からうちの親戚《しんせき》の集まりで司会を自らやってさ。リーダーの資質あるぞ、って思ってたんだ」

もしかして、伯父さんはおれをクラスの人気者だと思っているだろうか？　光也は上目遣《うわめづか》いで伯父さんを見た。おれには芸人のように笑いで惹《ひ》きつける能力はない。身内の前ではリラックスしてギャグを披露《ひろう》することもあるけれど。

ただ、そう言われてみれば、自分は仕切られるよりも、仕切る方が好きだ、と光也は、小学校の卓球部《たっきゅうぶ》のことを思い出していた。三月に来年度の写真動画部の部長が決まるのだが、引き受けてもいいと思っている。

光也を「脈あり」と思ったみたいで、伯父さんは熱心に仕事内容を説明してくれた。さすが政治家はしゃべりがうまい。市議会議員、なかなか面白そうじゃないか。

肩と背中が凝《こ》ってきた。光也は自分が前傾《ぜんけい》姿勢で話を聞いていたことに気づいた。

「伯父さん、いつかそういうのやるとして、今のうちからこんな勉強しておいたほうがいいっていうの、ある？」

「そうだな。選挙に出てみろ」

「へ？」

「そうだ、生徒会長に立候補してみたらどうだ。今から選挙慣れしておく。自分の顔を覚えてもらって、政策を訴《うった》える。いいトレーニングになるぞ」

「いやいや〜、生徒会長なんて」

「いやか？」

「考えたこともないよ」

「向いてると思うけどな、光也は」

「おれが？　伯父《おじ》さん、煽《あお》るのがうまいよー」

「煽ってるんじゃない。真剣《しんけん》に言ってるんだぞ」

そうなのかな。光也は箸《はし》をのばして、数の子をつまんだ。口に入れると、プチ、プチチと塊《かたまり》がほどけていく。

二年間この中学にいて、生徒会がどんな活動をするのかよく知らない。ただ「生徒会長」という役職が、一目置かれる存在だということはもちろんわかっていた。

光也は以前、観光用のヨットに乗ったときのことを思い出していた。しずしずと湾《わん》を出ると一気に視界が広がるのだ。

今もそうだった。写真動画部の部長になるかならないか。そのあたりが三年生のゴールだったのに、いきなり先が開けた。光也はごしごしと顔をこすった。派手な花火をぶち上げるっていうのももしかして……アリ？

3

「ふぅーん、なるほどぉ。それが立候補の経緯《けいい》ってわけですか」

ぐふふ、とモリリが笑う。本名、森莉乃《りの》。二年三組の女子だ。

いつもニコニコしてててかわいいとか、意外とスタイルいいとか言われていて、四組の男子にも人気だけれど、光也《みつや》にはちっともそんなふうに見えない。何しろ保育園も小学校もいっしょ、という幼馴染《おさななじみ》だから。

横にはヤナギがいて、スマホのフォトアルバムをピッピッとめくっている。

放課後、光也は二人を乗り換《か》え駅のそばにある大賀《おおが》市立図書館に呼び出していた。地下に小さなカフェがあって、コーヒーやココアが百五十円で飲める。ラテ系も二百円と安い。

海乃島《うみのしま》学園中は、登下校時の寄り道は禁止だが、図書館や書店など、勉強に関する場所には立ち寄ってもいいことになっているのだった。

セルフサービスなので先に注文して、買ったドリンクをトレイにのせて、席まで運ぶ。柱の陰《かげ》の席だったら長居できそうだ、と四人掛《が》けの丸テーブルを選んだ。

「やっぱ、光也ってやなやつだよな」

と、ヤナギが顔を上げて言い出す。

「まだ言うか」

光也はかぶせるようにツッコんだが、そんな発言も想定内だった。今日は自分が「やなやつ」かどうかをモリリにも聞きたいと思って呼び出したのだから。

ヤナギは言う。

「だって、学校をよくしたいとか、そういう理由じゃなくて、自分の都合で立候補だもんなぁ。おまえの未来のことなんて誰《だれ》も知らんつーの」

あれ？　いつになく言い方がきつい。ヤナギも光也同様、毒舌系なのだが、茶化した感じで言うのがお約束なのに。

なぁるほど。光也は気づいた。こいつ、モリリがそばにいて緊張《きんちょう》してるんだな？

モリリは光也の家の斜《なな》め向かいに住んでいたのだが、小学四年生の時に大賀市に引っ越《こ》した。

ヤナギと光也は小五で初めて同じクラスになった。

ヤナギはそういえば、モリリと一度も同じクラスになったことがないはずだ。

同じ小学校出身だからお互《たが》い知り合いだろう、と無頓着《むとんちゃく》にふたりを呼んでいたのだった。

まあ、今日を機に仲良くしてくれ。

と、改めて口で言うのはこっぱずかしい気がして、光也はさっそく本題に入った。

「ヤナギが昨日から、おれのこと『やなやつ』『やなやつ』って言い出して、心を折ろうとしてくるんだけど、どう思う？　モリリ。おれ、けっこうリーダーシップあるよなぁ」

「リーダーシップ……」

モリリは天井《てんじょう》を見上げて考えてから続けた。

「たしかに、近所の子たちで遊ぶとき、光也が遊びを思いついて、中心でやること多かったよね」

「そうそう！」

「光也が思いついて、何人かで家出ごっこしようって長い時間歩いたよね。夕方、わたしが『もう帰りたい』って言ったら、光也が『あれ？　帰り道がわからなくなった。おれたちは永遠にさ迷うしかない』って。わたし怖《こわ》くなってきて泣いたら、『ウソだよー、あの坂を越《こ》えたらけっこうすぐ家に着くぞ』って」

「そうだっけ」

「光也が言いだしっぺで、みんなで紙芝居《かみしばい》を作ることになって。最初はかわいいオバケの話だったのに、光也がどんどん怖くしていって。『これ思い出したら夜寝《ね》られないよー』ってわたし泣いちゃったんだ。そしたら『自分を人間だと思うからいけないんだ。わたしはオバケって思えばいいんだよ』って変なこと言われて」

「意味わかんないですねー」と、ツッコむヤナギ。

「そ、そうだっけ……」

光也の脳裏《のうり》に、当時のことがうっすらよみがえってきた。モリリはすぐ泣いて、フォローするとすぐ笑う女の子だったから、からかうのが面白かったのだ。

いまさらながら光也は弁明に走る。

「そういうの、男子あるあるだよな？　かわいい女子にちょっかいだしてさ。やなやつではないだろ」

「いやー、完全にアウトだろ」

ヤナギが断罪するので、光也は鼻にしわを寄せた。

「おまえには聞いてない」

そんな光也を、モリリが指さす。

「あー、今みたいな感じ。光也ってすぐ怒《おこ》るところあるよね。短気だし飽《あ》きっぽい」

「え、何。おまえのなかでは、おれってめちゃくちゃ悪者なの？　すげーやなやつなの？」

光也がイライラをモリリに向けると、

「うーん、めちゃくちゃ悪者ていうか……」

と、口を指で押《お》さえながら悩《なや》んでいる。ヤナギがまた割り込《こ》んできた。

「森さん、おれはね、光也のこと、やなやつ偏差値《へんさち》60くらいだ、って言ったんだ。70とか80のめっちゃやなやつじゃないけど、程々《ほどほど》にやなやつ」

あはは、とモリリは大声で笑った。

「あー、わかるぅ。わたし的には、やなやつ偏差値58くらいかなと思う」

光也は声を張り上げた。

「2ポイント下がりましたっ」

もう乗っかるしかない。いや、面白がるふりをしても、結局イライラは消せていないと思う。どうせ、やなやつなんで！

「じゃあ、選挙対策委員長をお願いしたい、って話はムリってことね。ハイハイ、わかりました」

光也がそう言い捨てて、コップの底に残っていた抹茶《まっちゃ》ラテを飲み干したとき、モリリが言った。

「選挙対策委員長？　面白そうだね。わたしやってもいいかも」

「え！」

光也が委員長をお願いしようと思っていた相手は、ヤナギだった。モリリには「やなやつ」かどうか聞きたかっただけ。

でも！　もしモリリが引き受けてくれるなら相当ありがたいぞ、正直ヤナギがやってくれるよりオイシイぞ、と光也は思いをめぐらせた。

モリリは、男子にはもちろん女子にも人気があるのだ。クイズ研究会に所属していて、三人一組で「クイズ甲子園《こうしえん》U―15」の予選大会最終戦まで勝ち進んだ。テレビ放送はなかったが、予選はネットの番組で公開され、モリリは「顔のドアップ」を何度も映される、という爪痕《つめあと》を残していた。そんなわけでモリリの知名度は高いのだ。うちの学校は一学年六クラスあるので、一、二年生のうちに学年全員に名前を知られることは通常ほとんどないのだが。

自分の応援《おうえん》をしてくれたら、「なんであのモリリが京座木《きょうざき》を支持するんだ？」と、興味を持つ生徒が増えそうだ、と光也は票を計算した。あ……こういうところが、おれはややなやつなのか。我ながら自己中心的過ぎた。

「引き受けてくれるんなら、そりゃありがたいけど、なんで？」

光也は慎重《しんちょう》に聞いてみた。

「好奇心《こうきしん》！」

シンプルな答えが返ってきた。

「だってクイズ研究会は広く浅く、なーんでも経験しとくのがいいんだもん。選挙の裏方ってやったことないし、心理学の勉強にもなりそうだし」

「心理学？」

「クイズって、知識だけじゃないんだよ。上の方に行くと、心理戦なんだ」

「ほう」

モリリがヤナギの方を向いた。

「ヤナギくんは対策委員やらないの？」

光也は、ヤナギのツッコミを待った。ヤナギヤナギと光也が呼ぶから勘違《かんちが》いしているかもしれないが、モリリさん、おれの名字は「大柳《おおやなぎ》」だよ！　と。

「うーん、まあ君のサポートで副委員長くらいならやってもいいけど」

全然、ツッコまない！

光也のサポートではなくて、モリリのサポートになってるし。まあいいだろう。どんな動機であれ、自分に協力してくれることには変わりないのだ、と光也は深くうなずいた。

「やったね。楽しくなりそうだね。新しい部活入ったみたいに。じゃあ、これからどうする？　週一くらいで会う？」

モリリが聞いてくる。お、そんな頻度《ひんど》で集まってくれるのか。心強いな。って素直《すなお》に言えば、いいやつなんだろうか。光也は口に出してみようと試みたが、喉《のど》が同意しない。

「うん、じゃあ週一でよろしく。まずは目標設定か。これはシンプルに『当選』ってことで」

元春伯父《もとはるおじ》さんには、「たとえ負けたとしてもいい経験になるから」と言われたが、やっぱり勝たないと、と光也は思う。

「『当選』は当然として、その前にやるべきことのリスト作りが必要だよな」

と、ヤナギ。モリリがうなずく。

「じゃあ、光也はマニフェストを考えてね」

「マニフェス？」

「ト。当選したらこんなことやります、っていう公約」

「ああ」

「それで、わたしたちは戦略を練る。まずわたしは、光也が性格を変えたらいいと思うんだよね」

抹茶《まっちゃ》ラテを飲み干しておいてよかった、と光也は空のコップを見つめた。もし今飲んでいたら、ブブッと噴《ふ》いてしまっただろう。

「性格を変えるって何!?」

「ややつって思われないようにするの。むしろ『いいやつ』って」

「いや……でもさ」

「まだ二年生だから、同じクラスと同じ部活の人以外、光也をよく知ってる人いないでしょ？そしたら、ややつってそんなにバレてない」

ヤナギが大喜びで先に返事をする。

「たしかにぃぃぃ。やなやつ、そんなにバレてない！」

「でしょ！　そしたら、今からいいやつになれば、みんなが投票すると思うわけ。こういう言葉があるの知ってる？　『私たちはただ生きることではなく、善《よ》く生きることこそもっとも大切にしなければならない』」

「知らない」

光也は即答《そくとう》した。

「ソクラテスだよぅ。『善は急げ』の『善』を『よ』と読むの」

「古代ギリシャの哲学者《てつがくしゃ》だよな。そんな偉大《いだい》な人も言ってるわけか。善く生きることが大事。それならたしかに光也、おまえは善く生きる努力をすべきだな」

ヤナギが言うと、モリリが声を弾《はず》ませる。

「でしょでしょでしょーっ」

「善く生きる、って具体的に何さ？」

光也はふくれた。

「ソクラテスによるとね、教養を身につけて魂《たましい》をみがくことで、善い行いができるようになるって」と、モリリが説明する。ヤナギはウヒッと笑った。

「いい言葉だなー。魂をみがく。よし、光也、魂をみがくんだ。そうすればきっといい人になれる」

「そうだよね」

「これから、『やなやつ改造計画』を始動させよう」

と、ヤナギが勝手に命名している。おい、調子に乗りすぎだぞ。光也は、イライラしそうになるのを懸命《けんめい》にこらえていた。また黒い霧《きり》が出ているとか言われるから。

「ちょっと、その前にお聞きしたいんですけど」

光也はわざと敬語を使って、かしこまって聞いた。

「『やなやつ』から『いいやつ』になったって、誰《だれ》がどう決めるわけ？　あなたがた、偏差値《へんさち》60だの58だの言ってるけど、それってノリと雰囲気《ふんいき》でしょう？　本当の判断ってどうするんですかね」

「うーん」

ヤナギが考え込《こ》んだのと対照的に、モリリはあっさり答えた。

「うちのクラスに、性格分析官《ぶんせきかん》がいるよ。その子が『いいやつ』って判断したらいいやつだと思うよ？」

「性格分析官？　なんだそれ」

4

次の週の金曜日。昼休み、光也《みつや》とヤナギは学食の左奥《ひだりおく》から二番目のテーブルに座って、弁当を広げた。

「性格分析官《ぶんせきかん》、まだかよ」

「まだみたいだな」

光也はそっとあたりを見回した。

中学で学食がある学校はめずらしいそうだが、それには理由がある。もともとここは高校の校舎だったのだ。十年前、駅の向こうに新校舎ができて高校はそちらに移り、ここは中学だけになった。その際、学食を廃止《はいし》する案もあったが、先生たちから「残してほしい」という声が相次ぎ、そのままになった。もっとも先生は、ここで食べるのではなく、職員用の会議室に運んでもらっているようだ。

入学したばかりの一年生は、ここには寄りつかない。光也は二年になった当初も、近づかなかった。三年生の運動部の部員たちがいっぱいいて居心地《いごこち》悪いんだろうと思っていたから。

でも実は三年生は、部活や委員会の幹部としてあわただしくて、ここではくつろがなくなるのだ、と写真動画部の先輩《せんぱい》が教えてくれた。うちは中高一貫《いっかん》なので、卒業直前に、幹部が交代する部活は多いのだ。ちなみに写真動画部もその一つだった。

それで、光也たちは二年の秋あたりからよく出入りしている。学食で何も買わずに、持参したお弁当を食べてもかまわないのだった。十人テーブルが八つあるので、満席で座れない、ということはない。

もっとも今日は、光也たちにとって食べるのはおまけのようなもので、「聞く」のが目的だ。正確には「盗《ぬす》み聞き」する。

「来たぞ！　モリリさんともうひとりの女子。えーと小笠亜貴《おがさあき》」

ヤナギがささやいてきた。光也は入口の方に顔を向けた。

モリリが先にやってくる。トレーにのせているのは親子丼《どん》か？　その後ろから来る女子が分析官らしい。髪《かみ》が短くて背がすらりと高い。部活は合唱部だそうだ。

「目つきがきついな」

と、ヤナギがささやく。

「あんまりじろじろ見るとバレるぞ」

モリリの声が近づいてきた。

「わーい、友達に頼《たの》んどいたんだ。ちゃんと取っておいてくれた。ねえ、亜貴ちゃん、こっちに座っててね」

この食堂では「予約」というプラスチックのカードがあって、それを席に置いておけば、誰《だれ》かがキープしているという意味になる。光也が、さっき置いておいたのだった。

「モリリ、相談って？」

亜貴がたずねている。モリリが答える。

「んー、実はね。あたし、見る目がないって親に言われたの」

「え、何それ」

「テレビでドラマ見てたとき、『この人いい人だよねー』って言ったら『違《ちが》う』ってあきれられたり、逆のこともあったり。それで、亜貴ちゃん、いい人とかヤな人にくわしいでしょ。見方を教えてもらおうと思って」

ヤナギがささやく。

「おっ、いいね。自然な流れ」

光也は叫《さけ》びたかった。ちっともよくないっ。見る目がないって告白した人が、京座木《きょうざき》光也の選挙対策委員長をやるって、おかしいだろ。

「いい人を選定する基準を持ってるんだ、わたしは」

性格分析官《ぶんせきかん》が語り出した。

「え、どんなのどんなの」

モリリが先を促《うなが》す。

「ポイントは三つね。その一、メンタルが安定している。その二、視野が広い。その三、感謝の気持ちを常に持っている」

「へええ……メモメモ」

「機嫌《きげん》がいいとか悪いとか、そういうムラがなくて、広い視野でものが見られて、いつも『ありがとう』って言える人。うちのクラスにパーフェクトな人、いるじゃない？」

「あ……うーん、何人か思い浮《う》かぶなぁ」

「たとえば？」

「テニス部の平野くん。キャプテンに選ばれたんだよね？　成績もいいし明るくて面白いし」

「まあ平野はたしかに明るくてムードメーカーだよ。でもノーテンキなだけとも言える。逆境には弱そうなタイプ」

「ふうん」

「厳密に言うと、パーフェクトに三つを守れてるのは、クラスにひとりしかいない。それは誰《だれ》かっていうとね」

分析官《ぶんせきかん》の言葉がとぎれた。光也は不自然にならない程度に首を傾《かたむ》けて、後ろの様子をうかがった。分析官は焼きうどんを食べていた。

「え、誰々《だれだれ》、わかんない」

モリリが催促《さいそく》する。ようやく分析官は口を開いた。

「そりゃ、秋山葵《あおい》ちゃんだよ」

「あー、生徒会の書記を務めてて、図書委員もやってるよね」

若干《じゃっかん》、モリリが説明口調になってるのは、光也たちに教えようとしてくれているためだろう。

「あの子は本当にいい子！　とにかくやさしいし、気を遣《つか》うし。控《ひか》えめで前に出過ぎないし、周りをよく見てる」

「うん、たしかにねー。逆に、やなやつの基準ってあるの？」

光也の心臓がバクッと鳴る。こら、心臓、動揺《どうよう》するんじゃない。

「基本はいいやつの逆」

「あーなるほど」

「機嫌《きげん》にムラがあって、視野が狭《せま》くて、感謝ができない。わたしがダントツで性格悪いと思うのは、浅田」

「うちのクラスの浅田雄哉《ゆうや》くん？」

「くん、なんて付けなくていいから！　あいつはね、同じ部活だからよく知ってんの。ほんと自分が得か損かばっかり考えてる」

「お金のこと？」

「お金もそうだけど、時間が見合うかとか、労力をかける価値があるか、とか。これだけの労力かけて成果が見合ってないって平気で言うんだよ。そういうやつ、盛り下がるんだよね」

「あー、そっか」

「しかも本人は、そういうコスパが計算できるオレ素敵《すてき》、って思ってるからタチ悪いんだよね。あいつはほんとダメ。やなやつだね」

光也は、思わず心の中でツッコまざるを得なかった。その浅田ってやつを知らないけれども
……小笠亜貴！　おまえ、ナニサマのつもり？

5

「うはは、さすが光也《みつや》。性格分析官《ぶんせきかん》をぶった切る」

目の前でヤナギが、手をグーにして腹を押《お》さえながら笑っている。

放課後、光也たちは屋上のベンチにいた。ここは、春と秋にはたくさんの生徒がやってくる。景色がいいからだ。海がすぐそこに見える。湾《わん》の波は穏《おだ》やかで、小さい漁船とヨットがずらりと浮《う》かんでいる。遠くをモノレールが走っているのが見える。

でも冬には誰《だれ》も出てこない。風通しが良すぎて寒いからだ。

よって、今ここにいるのは光也とヤナギとモリリの三人だけだった。

話題はもちろん、さっき昼休みに聞いた性格分析官の発言についてだ。

「だってさぁ、あの小笠《おがさ》っていうやつ？　人の性格をあれこれ言うって、結局おまえが一番性格悪いじゃねーかよっ」

光也はビシッと決めつけた。モリリが苦笑いを浮《う》かべる。

「んもーっ、光也はそう言って混ぜっかえしちゃうけど、亜貴《あき》ちゃん、いいことも言ってたでしょ?」

「言ってたっけ」

「その一、メンタルの安定。その二、視野が広い。その三、感謝の気持ちを常に持っている。亜貴ちゃんが話してた『性格いい人』の基準って、正しいと思うけどな」

「おれもー」

すかさずヤナギがうなずく。

先週は緊張《きんちょう》していた様子だったヤナギだが、すっかりモリリに馴染《なじ》んでいて、ふたりで、

「ねーっ」

と、首を同じ方に傾《かたむ》けている。

「うむ……」

光也は、ふたりにやいやい言われる前に、自分で分析を始めた。

「メンタル。まあな、おれは安定してないって言いたいんだろ? すぐイライラするのは認める」

視野は広いよな? おれ、写真動画部だし。そう光也は思う。カメラを扱《あつか》うには、ファインダーをのぞいて、構図を決めて光の入り方を考える必要がある。もちろんわかってる。そう

いう物理的な〝視野〟ではないと。ただ、そういうふうに風景をとらえている人は、心も同じように視野が広いと光也は言いたいのだった。とはいえ、反論されるのはわかっている。小六のとき、卓球部《たっきゅうぶ》でおまえのせいで部員がやめただろ、あれは視野が狭《せま》いからだろ？　と。だから光也は黙《だま》った。

案の定、ヤナギは言う。

「視野広くないし、感謝の気持ちも持ってないよねえ、光也くん」

「感謝ってたとえば誰《だれ》に？」

光也が聞くと、モリリが即答《そくとう》する。

「お弁当を作ってくれるお母さんに。うちの家は基本、お弁当だもん。週一回だけ学食なんだ。早起きしてくれてるから『ありがとう』ってお礼言うし、帰ったら『おいしかったよ』って言うよ」

「マジかよ」

「光也は言わないの？」

「言わない」

どっちかっていうと、感謝どころか……。けさのことを思い出した。「卵焼きが焦《こ》げちゃった」とあわてているお母さんに、おれは「なんでもいいから早くしてくれよ」と毒づいてしまったのだった。

そうか、モリリでもお礼を言うのか。光也は考え込《こ》んだ。おれってやっぱり性格が悪いんだろうか。クリアできているポイントが一つもない。いや、あんな性格の悪い分析官《ぶんせきかん》の発言、真に受けることないよ！

「秋山葵《あおい》って子、おれはよく知らないんだけど、ほんと性格いいの？」

ヤナギが話題を変えてくれた。モリリがうなずく。

「見るからにいい子なの。花にたとえるとスミレみたいな？　やさしく微笑《ほほえ》んでて、葵ちゃんのこと嫌《きら》いっていう子は一人もいないと思う」

モリリは手をこすり合わせながら、ぐふっと笑う。

「そうだ。このグループに葵ちゃんを誘《さそ》おうか。それで、性格のよさが光也くんに移るように話をしてもらう」

「いや、いやいやいや」

なんとなくおれは首を横に振《ふ》った。

「えー、なんでよう」

「だってほら」

あわてて光也は理由を考える。

「そんなにいい人って認定されてるなら、生徒会長候補に祭り上げられる可能性あるじゃないか。ライバルだよ」

「あー、なくはないよね！　そしたら強敵だね。でもせっかくだから、生徒会長のことは伏《ふ》せてでも、一度話したほうがいいと思う」

「いらない、いらない。どうしてもって言うんなら、自分で様子見に行く。今度、休み時間にでもモリリに会うふりして、教室に行けばいいだろ？」

「あ！　それより、今行けば？」

「今？　どこに」

「図書室にいるんじゃないかな。図書委員だから、貸出カウンターによくいるんだよ、放課後」

「わかった。本借りてみる。この委員会は今日は解散。また来週な」

ふたりを置き去りにしようと、光也は、さっそく歩き出したが、

「おれも借りようっと」

「あたしも借りようっと」

モリリもヤナギも、くっついてきた。

6

東校舎の一階が全部、図書室になっている。中学校としてはかなり蔵書数が多いらしいが、光也《みつや》は今まで数回しか来たことがなかった。それも、授業の調べ学習関連のみだ。

入口の引き戸は開いていて、のぞくと左側にカウンターがあった。「貸出」のボードの前にいるのが女子、「返却《へんきゃく》」の前にいるのが男子だ。

そういえばおれ、秋山葵《あおい》の顔を知らなかったぜ……と光也が思ったとき、後ろからモリリがささやいてきた。

「よかったぁ、いるね」

「あの女子が、そうか」

「うん、スミレの花みたいでしょ」

「ん？　ちょっと待って。おれ、あの子、よく見かける」

「え、どこで？」

「電車。行きの電車でほぼ毎日同じ車両」

「あ、そうなんだ。葵ちゃん、入学した頃《ころ》はバス通学してるって言ってた気がするけど」

光也は一回乗り換《か》えるが、その乗り換えた中央本町駅でいつも同じ電車の同じ車両になる。電車の乗り降りの際、目が合うと、向こうが会釈《えしゃく》してくるので、光也も一応返す。同学年だろうとは思っていたが、名前は知らなかった。

図書室には意外と人がいるもんだな、と歩きながらチェックした。問題集を開いて勉強しているやつもいる。こういうところで宿題を片づけちゃうってありだな。

モリリはカウンター付近のラックに置かれた新聞を手に取って、近くの席に座って読み始めた。何か借りなくては、秋山葵と話せない。光也は、書架《しょか》に向かった。ヤナギは後ろにぴったりくっついてくる。

やっぱり自分がよくわかってるジャンルの本を借りた方がいいだろう。写真集が意外とたくさんあることに気づいた。

光也が好きな探検家で写真家の星野道夫さんの本も並んでいる。どれがいいかな、と考えて星野さんのフォトエッセイを選んだ。

貸出カウンターでは、貸出券と本をいっしょに提出するきまりになっている。教室のロッカーに貸出券を置きっぱなしにしていたので、さっき屋上からいったん教室へ戻《もど》って取ってきたのだった。

「これ」

貸出券と本を渡《わた》すと、秋山葵は小さな声で、

「少しお待ちください」

と、両手で受け取った。そして、本の後ろについている貸出カードを取り出した。

その間、光也は改めてじっと観察する。さらさらのまっすぐな髪《かみ》の毛は、肩《かた》につくくらい。

耳の上あたりで、ピンで留めているのだが、そのピンの色は黒だ。

「この著者、知ってる？」

突然《とつぜん》そう聞くと、秋山葵は目を見開いて、光也に一瞬《いっしゅん》顔を向けてから本を見つめた。

「すみません、知らないです」

光也はわざとらしく、おでこに手を当てた。

「あちゃー、この人は知っといてほしかったな。図書委員なら」

「え、わ、すみません！」

秋山葵は、ぺこっと頭を下げた。

「めちゃめちゃ有名。もう亡《な》くなってるんだけど」

「さっそく読みます！」

「ああ、他にも本あったよ」

「今日さっそく借りますっ」

「あ、はい、ぜひー」

あまりに前のめりで必死な感じだったので、逆に圧倒《あっとう》されて、光也はそそくさとカウンターを離《はな》れ、すぐに図書室を出た。

後ろからヤナギ、そして東校舎から本校舎への廊下《ろうか》に向かうところで、バタバタとモリリが追いかけてきた。

「ねえ、いい子だったでしょー？　葵ちゃん」

モリリが聞いてきたので、光也は、思い切り鼻にしわを寄せた。

「まじめすぎ」

「あー、そりゃまじめだよ。葵ちゃんは」

「図書室には無限に本があるんだから、知らなくて当然なのに、『すみません』ってまじめに謝ってきてさ。『うるせーな、嫌味《いやみ》ったらしく言わないで、著者のこと、もったいぶらずに説明せーや』くらい、言い返してくる方が対応しやすいって」

また、「さすが、やなやつ！」の大合唱が始まるんじゃないかと思ったら、意外にも違《ちが》った。

ヤナギがうなずいたのだ。

「うん、光也があぁいうおとなしい性格のいいやつを目指すのって、なんだか違う気がするんだけどな。光也がおとなしくなっちゃったら、もう光也じゃないよ」

だろ？　そうだろー？　光也は小鼻をふくらませた。

「性格を変える必要があるにしてもさ、あそこがゴールじゃないだろ」

「ええっ、そうかなぁ」

モリリは腕組《うでぐ》みして考えている。光也はきっぱり言った。

「やっぱ間違《まちが》ってるって。モリリ」

7

二月に入って最初の金曜日。放課後、光也《みつや》は二年三組の教室へ行った。

モリリは、机の中の教科書をバッグに移している。入口から、

「おーい」

と、声をかけたが、窓際《まどぎわ》から二列目に座っているモリリには届かない。光也は教室に入っていった。

「おい、あのさ、今日のミーティングなんだけど――」

選挙対策委員会、とみんなの前で言うわけにはいかない。

「先週、屋上で寒い思いさせたから、今日は奮発して、カフェ行こうぜ」

カフェといっても、例の図書館の地下にある店のことなのだが。

すると、モリリはバッグのチャックを閉じて立ち上がった。

「ごめん、今日はパス」

「え？」

モリリはバッグを持って、後ろのロッカーに行き、フックにつるしていたコートを取る。

「急いで帰らないといけないんだ」

「あ、そっか」

「じゃあ、またねーっ！」

「全然いいよ」

最後のセリフは、モリリに向かってというよりは、この教室に残っている生徒に向けて言ったものだ。おれ、別にフラれたわけじゃないから。ちっとも傷ついてないから！　光也はそうアピールしたかった。

自分の教室に戻《もど》ると、コートを着込《きこ》んだヤナギが、

「カフェ♪　カフェでミーティング♪」

と、浮《う》かれている。

「おまえひとりなら、別にカフェじゃなくって、そこらの道端《みちばた》のベンチでいいよ」

そう言いながら、光也も帰りの支度《したく》を始めた。

「え、モリリちゃんは？」

「来ない」

先週、おれは「やっちまった」んだな……。光也はいまさらながら悟《さと》った。

図書室で秋山葵《あおい》に会った後、ヤナギが「おとなしい性格のいいやつを目指すのって、なんだか違《ちが》う気がする」と言ってくれた。そこに便乗したのだ。そうだよ、モリリ。おれの性格改造とか性格分析官《ぶんせきかん》がどうとかさぁ、アプローチが間違《まちが》ってねえか？

くすぶってた不満をぶつけてしまった。そのとき、モリリは「えー、改造の必要あるよぉ」と、笑顔《えがお》で言っていたので、さらにいろいろ言ってしまった……気がする。頭が思い出すのを拒否《きょひ》している。

自分とモリリの関係を過信していたのだ。何を言ってもこいつは怒《おこ》らない、と。でもそれは子どもの頃《ころ》の話だった。今は、モリリだって気を悪くするし、選挙対策委員長なんて、いつだってやめていいわけだし。つまり、もう切られてしまったわけなのだ。

ということを、校舎を出て川沿いを歩きながら、だいぶ省略しつつ、光也は説明した。すると、ヤナギは露骨《ろこつ》に不機嫌《ふきげん》になった。

「どうすんだよ、おい」

ヤナギは、カフェに行くことよりモリリに会うのが楽しみだったんだな、というのが伝わってくる。

「知らねーよ」と言い放ちたいところだが、ヤナギまでおれから離《はな》れていってしまったらもう終わりだ、とさすがに光也は気づいた。

仕方なく予定通り電車に乗り、中央本町駅で降りて、いつもの市立図書館地下の店に入った。今日は柱の陰《かげ》の席にひとり客がいたので、レジに近い二人席に座った。

「で、どうすればいいんだよ。いろいろ手詰《てづ》まりなんだが」

光也は、貧乏《びんぼう》ゆすりをしながら聞いた。

「うーん、そうだな。視点を変えるしかないだろ」

「視点？」

「学ぶ相手を変える。秋山葵じゃなくって、誰《だれ》に学ぶかって言ったら、伯父《おじ》さんしかいないんじゃね？」

「え？」

「おまえの伯父さんだよ。話してただろーが。その人に焚《た》きつけられ——じゃなくて勧《すす》められて、立候補することにしたんだろ？　その伯父さんとじっくり話してみるのがいいんじゃね？」

「え～。伯父《おじ》さんは〝圧〟が強いからな」

光也は難色を示した。

「市議会議員になって、何年になるんだよ」

「おれが小学校入るより前に初当選したから、もう九年？　十年かな」

「てことは、三期目だろ？　選挙って四年ごとだから。三回選挙に勝ってるなら人気があるんだ。その人気の秘密を探りに行くんだ」

「おれひとりじゃ、やだよ。おまえも行くならいいけどさ」

「いいよ。そしたらアドバイスをもらおう」

「なるほど、生徒会長選挙に向けてな」

「じゃなくって、モリリちゃんとどうやったら仲直りできるかっていうアドバイス」

「おまえ、本当にモリリのことしか考えてねーな！」

思ったより大きな声を出してしまって、光也はあわてて体をテーブルに伏《ふ》せるようにして周りを見回した。幸い、というか、たいていいつものことなのだが店には他に客はいなかった。

8

小雪がちらちら舞《ま》って、指先が冷える。こんな日に、伯父《おじ》さんと会う約束なんてしなければよかった。市議会議員の仕事ってどんな感じか聞きたい、と光也《みつや》はメールで依頼《いらい》したのだ。大賀《おおが》市の中心部に近い大賀橋駅で、光也はヤナギと待ち合わせした。ヤナギは六分遅刻《ちこく》してきたのだが、その六分のせいで指先はさらに冷え冷えになったではないか、と光也はにらんだ。

「後であったかい抹茶《まっちゃ》しるこをおごれ」

光也は歩き出しながら、真っ赤になった指を見せた。ヤナギは意に介《かい》さない。

「いつでも抹茶だな。そんなことより、伯父さんは大丈夫《だいじょうぶ》なのかよ」

「何が」

「おまえの伯父さんってさ、京座木元春《きょうざきもとはる》って名前で合ってたよな？」

「そうだけど」

「何も知らないんじゃ失礼だから、ちょっと調べたんだよ。そしたら、おとといからエンジョウしてるみたいで」

寒すぎて頭が凍《こお》っていて、エンジョウの漢字変換《へんかん》に時間がかかった。炎上《えんじょう》、か。

「何が燃えてんだよ」

光也はスマホを取り出した。

「ＳＮＳで話題になってる。まあ、市議会議員だからかな、タレントや国会議員に比べたら地味な燃え方だけど」

手がかじかんでいて、何度もミスタッチする。ようやく、伯父《おじ》さんの名前で検索《けんさく》をかけたら、本当に批判のコメントが出てきた。

「大賀《おおが》市の京座木議員、若いのにオッサンの発想。懇親会《こんしんかい》で『女性は家にいて家事をしっかりやるべき』と発言」

光也は首をかしげた。

「うーん、これで炎上しちゃうの？　おれ自身、この発言はたしかにオッサンぽいと思うよ。でもセクハラとかと違《ちが》って、燃えるほどじゃなくね？」

「ほら、ここに別のコメントあるだろ」

ヤナギに言われて、チェックした。

「あ、そういうことか……」

伯父さんは夫婦別姓《べっせい》に賛成で、女性の仕事と家庭の両立をもっと促進《そくしん》したい、と普段《ふだん》から主張しているそうだ。その主張との矛盾《むじゅん》を突《つ》かれたらしい。

雪の粒《つぶ》が大きくなってきた。ヤナギの頭が少しずつ白くなっていく。

「ここだ」

四階建てのマンションの前で、光也は立ち止まった。伯父さんの事務所は一階にあったのですぐわかった。「京座木元春事務所　後援会《こうえんかい》事務局」と看板が出ている。

呼び鈴《りん》を鳴らすと、伯父さんが出てきた。誹謗《ひぼう》中傷に疲《つか》れてまったく眠《ねむ》ってない、という感じではない。いつも通りおでこをテカらせて、元気があふれている。

「狭《せま》いとこだけど、入って入って」

と、室内に案内してくれた。

正直、殺風景な部屋だ。伯父さん、片づけが下手みたい。壁《かべ》に本棚《ほんだな》が二つ並んでいるが、そこに収まりきらない本やファイルが床《ゆか》に積んである。台所がきれいなのは、ほぼ使っていないからだろう。

伯父さんは魔法瓶《まほうびん》のお湯を使って、大きな急須《きゅうす》でお茶をいれてくれた。

光也たちふたりがソファに座って、伯父さんは向かい側の椅子《いす》に腰《こし》かける。

「あったまる〜。外、寒かったから」

ヤナギが、湯のみ茶碗《ぢゃわん》を両手で包み込《こ》みながら言う。

「君は、大柳朋紀《おおやなぎとものり》くんだったね。光也と仲良くしてくれてありがとう」

伯父《おじ》さん、メールに書いたヤナギの名前をフルネームで覚えているとは。

「君も政治に興味があるのかい？」

「いや、あの、光也が生徒会長になるための手伝いなんです、ぼくは」

「ああ、どうだい？　順調かい？」

「選挙はまだ先なんです。でも単純に興味あります。政治家の人って自分の周りにいないから、こういうとこ来たの初めてで」

室内をヤナギが見回すと、伯父さんは笑った。

「政治家の事務所、もっと大きくておしゃれなところを想像してたかい？」

「あ、え？　まあ、うーん」

「事務所を置くなら、家賃と維持費《いじひ》をある程度、自分で払《はら》うんだよ。だから、自宅を事務所にしてる議員も多いんだ。うちは、逆に妻が『自宅だと公私混同になってイヤ』というので、事務所を借りたんだよ」

「へー」

「国会議員だと秘書は三人までなら公費で雇《やと》えるんだが、それも市議会議員だと自腹になるから、基本はみんな全部自分でやってるな。こないだ、新年会のときに市議会議員はそこそこ儲《もう》かるって、尊《たける》が言ってて否定しなかったけど、まあ実際こんな感じなんだ」

最後、伯父さんは光也の目を見て話していた。尊叔父《おじ》さんが「収入がいい」と言っていたのを光也は思い出した。現実はそこそこシビアらしい。

その後、伯父さんは関《かか》わっている委員会のこと、携《たずさ》わっている提案、仕事の日と休日の過ごし方について説明してくれた。あと、写真動画部が参加できそうなイベントのチラシもくれた。

「他に聞きたいことはあるかい？」

光也は思い切って聞くことにした。

「あの、伯父さんの名前をＳＮＳで検索《けんさく》したら、炎上《えんじょう》してたけど、大丈夫《だいじょうぶ》？」

興味本位なのに、心配しているような言い方をする。おれって、やなやつだなぁ。光也は思う。

でも、伯父さんは素直《すなお》に答えた。

「おお、心配してくれたのか。ありがとな！　事情を説明すると、ここだけの話、あれはプライベートで会話してるのを立ち聞きされたんだよ」

伯父さんは、空になった湯飲みにお茶を足してくれながら続ける。

「この近くの大賀橋《おおがばし》商店街に長寺《ながでら》さんって方がいらっしゃるんだ。大賀市の経済界の重鎮《じゅうちん》とも言えるような。おれが初出馬のときから応援《おうえん》してくれて、二度目の選挙のとき、後援会《こうえんかい》を作ってくれたんだ」

「伯父《おじ》さん推《お》し！」

「ありがたいことにな。商店街でスーパーを経営してる七十五歳《さい》のカッコいいオジサマだよ。支店が五つもあるんだ。こないだ本店の駐車場《ちゅうしゃじょう》でばったり会ったから、立ち話したんだ。『妻が二十歳年下で、パートに趣味《しゅみ》に忙《いそが》しくていつも家を空けて出かけまくってる』ってボヤいてて。長寺さんの世代は、専業主婦の女性が多かっただろうから、私に同意してほしいだろうなぁ、と思って言ったんだ。『女性は家にいて家事を』って」

「それを誰《だれ》かに聞かれたってこと？」

「そう。聞いた人がＳＮＳに書いたんだな。それが拡散して」

「あー、そっか。何かの会で公《おおやけ》にしゃべった言葉かと思った。記者の人が書いたんじゃなくて、噂話《うわさばなし》レベルか」

「まあ、長寺さんの気分を良くさせるために、そんなことを言っちゃった私も私だな」

「うん。伯父さんの後援会の会長だったら、むしろ伯父さんの主張をわかってもらう方がよかったんじゃ？」

　光也が気がついたときには、自分の生意気な口が勝手にしゃべっていた。伯父さんは、目をパチパチさせている。

「今はそういう時代じゃありませんよ。女性の活躍《かつやく》を応援《おうえん》しましょうよ、ご家族が外でどんな活動をしてるのか興味持ちましょうよ、とか——」

まずい空気になってしまったのを察してか、ヤナギが割り込《こ》んできた。

「とにかく事情を、炎上《えんじょう》させてるやつに伝えれば誤解は解けますよね？」

「でも長寺さんを悪者にするわけにはいかないし、かといって、ＳＮＳに投稿《とうこう》した人が悪いわけではない。私が言ってしまったのは事実だからな。幸い人前で話す機会は多い職業だから、地道に政策方針を伝え続けて、理解してもらうよ。そして私は学んだ！」

伯父さんは突然《とつぜん》、光也に向かって頭を下げた。

「光也の言うとおりだ。一番の理解者のご機嫌取《きげんと》りばっかりでどうする。私は長寺さんに今の時代はこうなんですよ、とプレゼンすべきだった」

「えええ……」

大の大人が頭を下げている。

「あ、いや……」

どうすればいい。話題を変えてくれ、と光也はヤナギに目配せした。すると、

「あの、政治と関係ないこと、聞いてもいいですか？　女子のことなんですけど」

と、ヤナギが言い出した。本気でモリリのことを聞くつもりか！

「仲良くしていた女子にちょっとキツいこと言っちゃったせいで、避《さ》けられてる気がするんですけど、どうやったらまた仲良くできますかねえ」

政治と全然関係ないだろ！　というツッコミが来るかと思ったら、伯父《おじ》さんは目をそらさず聞いてから答えた。

「まずは本当に避けられてるのかどうか、様子を見た方がいいかな。二つの可能性があると思う。露骨《ろこつ》に嫌《きら》われて避けられてるなら、しばらく時間を置いた方がいい。すぐにどうにかしようと近づくと、向こうはますますイヤだ！　って逃《に》げて、いろんな人を巻き込《こ》んで大事《おおごと》になるかもしれない」

「うーん、そういうタイプじゃないと思ってたんですけどねぇ。明るくってノーテンキで」

「そうしたら、もう一つの可能性を考えるんだな」

「もう一つの可能性？」

「その子は、今、何か別のことで忙《いそが》しくって、他のことに配慮《はいりょ》する時間がなくなってるだけなのかもしれない」

「うーん」

ヤナギがうなりたくなる気持ちは、光也にもわかった。そう思えたらいいけれど、楽観的すぎる気もする。どっちにしろ様子見したほうがいい、というアドバイスをもらえたのはよかったが。

「質問は以上かな？」

「うん、ありがとう」

光也が答えると、伯父さんは、エアコンを切って、カーテンを閉めた。

「こちらこそ、ありがとうだよ。今から長寺さんのところに行って、さっそく話してみようと思う。さっき光也が言ってくれたこと」

「え、雪のなか、わざわざ行くの？」

「人に全力で向き合うっていうのが私の信条だから」

「信条……」

思いがけず、伯父さんの根っこの部分に触《ふ》れて、光也はドキッとした。

9

大賀橋《おおがばし》駅の伯父《おじ》さんの事務所へ行った翌週から、光也《みつや》たちは忙《いそが》しくなった。

実は、伯父さんにもらったチラシがきっかけだ。

大賀市には、ショッピングモールとアウトレットと遊園地が一つになった「ＯＧＡ　ＷＯＲＬＤ」という施設《しせつ》があって、光也もたまに家族で行く。遊園地は一日フリーパスが四千円もするので、めったに入らなくて、買い物だけだが。

遊園地は「ＯＧＡ　ＩＳＬＡＮＤ」という名前で、そこが十代の「オフィシャル広報部員」を募集《ぼしゅう》しているというのだ。選ばれたら、十代らしいフレッシュな写真を撮《と》るのが仕事で、それが遊園地の公式ＳＮＳで配信される。

ご褒美《ほうび》は年間パス。個人で申し込《こ》んでもいいし、写真部など部活単位でもＯＫとのこと。

知らなかったぜ、写真関係のそんな面白い募集。写真動画部のメンバーに報告したら、うちの部も参加してみよう！　ということになった。

エントリーすると「アトラクションには乗れないけれど園内を歩き回れる一日パス」がもらえる。だから二月の最後の土曜日は遊園地に出かけて、みんなで撮りまくった。

締切《しめきり》は三月一日。写真の選定を必死に終えて、光也とヤナギの作品を含《ふく》めた三十枚の組写真を先輩《せんぱい》が送付した翌週、期末試験が始まったのだった。

授業をちゃんと聞いていなかった現代社会や古文あたりが、光也としてはかなりまずい。バタバタしている間に、あっという間に明日が最終日となった。英語と現代社会のテストに向けて、追い込《こ》まなくてはいけない。

光也は家で、現代社会の教科書から、自分で問題を作った。前にモリリが言っていたことを思い出したのだ。クイズの出題者になると、その解答がしっかり頭に残るんだよね、と。たしかにその通りだ。ただし、問題を作るって手間がかかる。先生たち、こんな大変なこと、やめてしまえばいいのに。

途中《とちゅう》で飽《あ》きて、英語に移行したが、単語がうろ覚えすぎて、自分の頭をグーの手でカツカツ叩《たた》く。

一時間後、光也はベッドに転がって、別のことを考えていた。

生徒会長の選挙、もう立候補しなくてもいいかな。

モリリのいない選挙対策委員会を、ヤナギと二人だけで続けるのは、どうもテンションが上がらない。

さらに、伯父《おじ》さんを訪問した日の記憶《きおく》が、そんな気持ちに拍車《はくしゃ》をかけていた。

伯父さんって、新年会ではただの〝圧〟が強めの酔《よ》っぱらいというイメージだったけど、この間、話して、そうではない一面を見た。年上の偉《えら》い人に見込《みこ》まれるだけのことはあるというか……。うまく説明できないけれど、人としての魅力《みりょく》がある気がした。

光也が、モリリやヤナギが言うみたいな偏差値《へんさち》58のやなやつじゃないにしても、むしろどっちかっていうといい人間だとしても、伯父さんみたいなタイプにはなれないように思う。

よく考えたら、別に将来、市議会議員にならなくてもいいのだ。ＡＩに取って替《か》わられない職業なら、他にもある。

ならば生徒会長にもならなくていい。ヤナギもモリリも、おれが撤回《てっかい》したって「あっそう」で終わるだろう。

じゃあ、やめちゃおう。

来週、来年度の写真動画部の部長を決めることになっている。自分がやりたいと言えば、任せてもらえるだろう。それでじゅうぶんではないか。

光也は、大きく深呼吸して、ベッドから起き上がり、また英単語に取りかかった。

翌日。三時間睡眠《すいみん》で挑《いど》んだテストは、いまいち手ごたえがなく、でも、及第点《きゅうだいてん》はなんとかクリアできそうかも、という程度にはできた。

「あぁぁぁー」

ホームルームが終わって、大きく伸《の》びをしたときだった。

教室にモリリが飛び込んできた。

「ヤッホー、おひさ」

「え？」

誰《だれ》か別のやつと話しに来たのかなと思ったら、モリリは光也の机の前まで来た。

「さあ、例の委員会、やろうよ！　今日これから試験の打ち上げ兼《か》ねて、お茶どう？　新展開、考えたんだ」

「え、え、どういうこと」

斜《なな》め前の席のヤナギが目を見開いている。モリリはふくれた。

「あたし、ふたりにメッセージ送ったでしょー。試験終わるまで待ってね、って」

「何も受け取ってませんけど」

光也が言うと、モリリはスマホを取り出した。

「あっ、書いて送ったつもりだったのに、未送信だった。テヘッ」

何が「テヘッ」だ。いまさら送信してきたので読んだ。

『ごめん！　期末試験で一つでも落第点があったら、クイズ研究会を退会しろってお母さんに言われて。だから、試験まで集中するね。選挙対策は試験後にやろう！』

な、なんだよー。本人が見ていなければ、光也は椅子《いす》から転げ落ちるところだった。何やってるのん？　と言われそうなので辛《かろ》うじて姿勢を保った。

伯父《おじ》さんの言ったとおりだった。自分たちを嫌《きら》ってたんじゃなくて、モリリにはモリリの事情があったんだ。

ひと安心したところで、光也はさっきのひと言が急に気になり始めた。

新展開？　なんだそれ。

10

久しぶりに三人で大賀《おおが》市立図書館の地下カフェに来た。

おれたちすげー落ち込《こ》んだり心配したりしたんだからなっ、モリリおごれよ！　と光也《みつや》は言いたいところだけれど、もちろん言わない。逆におごってあげようと思ったが、ヤナギが光の速さで財布《さいふ》を出したので、任せることにした。

「ええっ、いいの？　ありがと」

甲高《かんだか》い声が店内に響《ひび》いた。

いつもの柱の陰《かげ》の席に座って、モリリは、イチゴミルクを美味《おい》しそうに飲んでいる。

「やっと試験終わった実感湧《わ》いてきた。落第点は取ってないと思うの」

落第点は科目によって違《ちが》う。四十点以下ならともかく、六十点以下の科目もあって冷や冷やするのだ。

「モリリちゃん、苦手な科目は何？」

ヤナギが聞く。

「うーん、知識系は好きなのね。理科と社会。クイズにつながるから。でも思考系がダメ。数学や英語」

そしてモリリはこちらを向いた。

「どう？　進んだ？　マニフェストのほうは」

マニフェスト……すっかり忘れていた。というか、立候補を断念すること、これから表明しようと思っていたのだが。

「えーっと、まだ」

「じゃあ、わたしが考えたことを話すね」

「え？」

「秋山葵《あおい》ちゃんが参考にならないなら、どうしたらいいだろう、ってわたしずっと考えてたの。試験の最中も」

そうなのか!?　おれはすっかり思考停止していたのに。申し訳ない。光也は心のなかで手を合わせた。口に出すと媚《こ》びているみたいだから。

「それでね、試験期間が始まる前、お昼休みに性格分析官《ぶんせきかん》に聞いたの」

「久々《ひさびさ》の登場だな。性格分析官」

「小笠亜貴《おがさあき》ちゃんね。『いい人じゃないけど周りを惹《ひ》きつける魅力《みりょく》、持ってる人いるかな』って。そういう人のほうが光也の参考になるのかと思って」

「う、うん」

「そしたらね、亜貴ちゃんは『そんな人はいないよ』って言ったの」

「まあ、そうだろうな」

「でも、わたし気づいちゃったんだ！　実は、亜貴ちゃん自身がそういう人なんじゃないか、って」

「え？　性格分析官が？」

「ほら、光也も言ってたでしょ？　人の性格をあれこれ言って、おまえはナニサマだ！　って。あいつこそ、やなやつだって」

「言った」

「だけど亜貴ちゃんって、クラスの女子に頼《たよ》られてるし、男子もけっこう一目置いてるんだよね。合唱部でも中心になってやってるみたいだし。だから、思ったの。『やなやつだけど魅力的《てき》な人』はこの人じゃないか？　って。あっ、これ亜貴ちゃんにはナイショだよー」

　ぐふふ、とモリリは笑う。

「性格分析官《ぶんせきかん》ってクラスで評判いいのかよ。信じられないなー」

光也は顔をしかめた。

「ほら、わたしだって意見を聞きに行ったわけだし」

「おれだったら、あいつよりモリリリに相談するほうがマシかな」

「マシって失礼だよ。おれはモリリリちゃんにこそ！　相談したいよ」

ヤナギがここぞとばかりにアピールしてくる。

「でも他の子も亜貴ちゃんにいろいろ相談してるよ。それでね、わたしも亜貴ちゃんの性格分析してみたんだ」

「ほう。それで？」

と、光也は先を促《うなが》した。

「見つけた特徴《とくちょう》、二つあるんだ。一つめは、亜貴ちゃんは『うーんわかんない』って言わないんだよね。絶対に答えをくれる。それも『わたしはこう思う』じゃなくて『これはこうだよ』って言いきるの。強いんだよね」

「絶対に答える、か」

光也はメモをとるふりをした。

「もう一つは、自分のことをぶっちゃける。肌荒《はだあ》れすごいのが悩《なや》み、とか言うから親近感わく。

気取ってる人って近づきにくいよね。亜貴ちゃんは性格強めだけど、気取ってる感じがないところがいいんだと思うの」

「なるほどな」

光也はアイス抹茶《まっちゃ》ラテを飲み干した。モリリもヤナギもそろそろ飲み終わりそうだ。よし、だったらさっそく自分も、ぶっちゃけよう。

「おれ、生徒会長の立候補やめる」

は？　という顔でふたりがこちらを見る。

「と、思ってた。いろいろあって漠然《ばくぜん》と自分に自信がなくなってたんだと思う。でも、やっぱりやる。秋山葵よりは性格分析官の方が、おれに近い気がするし。参考にする。うん、四月には、この委員会でマニフェストを発表できるように準備する」

「よかったぁ」

モリリがそう言ってくれたので、胸が熱くなった。

「ほんとよかったよ。だって、立候補者にアドバイス、つーか、ちょっかい出すの面白いもんなー」

と、ヤナギは言って、

「ねーっ」

モリリとそろって同じ方向に首を傾《かたむ》けている。

おい、ひとりで胸熱になったおれが、恥《は》ずかしいだろうが！　光也は思いきり体をそらせて伸《の》びをしたら、そのまま椅子《いす》ごと引っくり返りそうになった。

11

春休み、毎日マニフェストのことを考えていた、と言ったら過言ではある。でも実際、光也《みつや》はかなり時間を割《さ》いた。

まずは、この一年間、生徒会の活動を見てきて思ったことをまとめた。

海乃島《うみのしま》学園中学校の生徒会長の主な役目は、「学校の顔」としての役割と「行事の進行管理」だ。生徒会長の任期は半年なので、前期、つまり六月から十一月の会長は文化祭の進行管理、後期の十二月から五月は卒業式や体育祭の進行管理をする。といっても、各イベントとも別に実行委員会があるので、あくまでも裏で手伝い、あとはそれぞれのイベントで生徒を代表して挨拶《あいさつ》をする。

それだと役割が少なすぎる。何か、生徒の要望を学校に伝えて改善するような役目ができたらいいのだが……。光也は遡《さかのぼ》って学校側への不満がないか考えた。

そういえば、部活終了《しゅうりょう》時間の午後六時半に下校したとき、運動部の人たちが文句を言っているのを何度も目にした。食堂は夕方四時に閉まってしまう。あとは、昇降口《しょうこうぐち》の自動販売機《はんばいき》一台しかない。ジュースとお茶のみ。みんな、ぶつぶつ言っていた。「アイスやパンの自販機があればなー」と。

四月になったら、もう少しヒアリングをしてみよう。

今までは、何かつまずきかけると、「写真動画部の部長でもいいや」と思うことがよくあった。でも、部長にはヤナギが選ばれた。光也は立候補しなかった。もう後戻《あともど》りはできないのだ。

12

始業式の日の朝。

クラス替《が》えは当日発表される。気になって、いつもより早い電車に乗ったのだが、なかなか学校にたどり着けなかった。

電車に痴漢《ちかん》が現れたようなのだ。「ような」と曖昧《あいまい》なのは、光也《みつや》が自分で現場を目撃《もくげき》していないから。

中央本町駅に着いて、電車を乗り換《か》えるため改札口への通路を歩いていたら、後ろから、

「盗撮《とうさつ》！　つかまえて」

という女の人の声が聞こえてきた。

振《ふ》り返ると、三人の男が走ってくる。先頭の男が、

「待てーっ！」

と、何かを追うように走り、続くふたりも、

「おい、どこに行った」

「待ちやがれ」

と、人波を縫《ぬ》って駆《か》けてきて、光也の近くを通り過ぎていく。

ん？　どういうことだ？

数人が立ち止まってキョロキョロしている。追う人ばかりで、犯人らしき人がいないのはなぜなのか。

光也は、声の主の女性を探した。

「今、先頭を走ってたやつ！　後ろから盗撮《とうさつ》したの！」

髪《かみ》の長い女の人で、ひざ丈《たけ》のアイボリー色のスーツを着ていた。自分も走ろうとしたようだがハイヒールでは無理だ。

その人は改札口を指差している。光也も見て、次の瞬間《しゅんかん》、走り出した。さっき走っていった男たちが、人の流れの渋滞《じゅうたい》のためにまだ改札を通過できていなかったから、追いつけるかもしれない！　そう思ったのだ。

走り出してから考える。あいつら三人、仲間なんじゃないか？　追いかけているふりをして、追われる身であることをごまかしてないか？

それを確かめたくて、とにかく追いつきたい。でも当然、光也もすぐに大混雑に巻き込《こ》まれ、立ち止まらざるを得なかった。三人が改札を出て、ひとりは右に、ふたりは左に走っていくのを見た。どちらに犯人がいるのかわからない。最初から計画して二手に分かれたのかもしれない。定期券をかざしてようやく改札を出て、光也は一瞬《いっしゅん》迷って、左側へ行った。ふたりいるから、目立つのではないかと思って。

百メートルほど走って、駅ビルの二階のフロアを抜《ぬ》けた。ここから道は三つに分かれる。地下鉄へのエスカレーター、地上階への下り階段、そして向かい側の駅ビルにつながる連絡橋《れんらくきょう》。彼《かれ》らがどこに行ったかなんて、もはやわからなかった。

再び改札口を入ると、さっきのスーツの女性が駅員と話をしていた。光也が追いかけていったのがわかっていたらしく、

「あ、彼《かれ》が追ってくれたの」

と、駅員に説明している。光也は自分が見た彼らの行動を話した。

「どんな風貌《ふうぼう》でしたか」

そう聞かれて、光也は首をひねった。

「えっと……。三人とも紺色《こんいろ》のズボンで、上はえーっと、ひとりは紺色のコート……だったかな？」

しっかり見ればよかった。いつもカメラに記録すればいいと思っているせいか、目に焼きつけようという意識が低かった。

「若かったと思うの。大学生か、高校生じゃない？」

「いや、わかんないです」

そう答えながら、光也は腕時計《うでどけい》を見てハッとした。もう行かなくては。

そして、さらに気づいた。

サブバッグ、どこ？　お母さんが、エコバッグが余ってるんだよね、といったときにもらったものだ。ナイロン製で色は濃《こ》いブルーだった。

家に置いてきたのか。いや、たしか持って出たはずだ。提出するプリント類が入っているので、失《な》くしてもまあいいや、というわけにはいかない。

ホームまでもう一度戻《もど》ってみるか。光也がそう思ったときだった。

「あの、これ」

声をかけられた。秋山葵《あおい》だった。なんと光也のサブバッグを持っているではないか。

「え、これ、おれの」

「うん。拾ったの」

「たまたま？」

秋山葵は首を横に振《ふ》った。

「ちょうど走っていくところが見えて、そのときバッグ落としていったから」

なるほど、走り出す瞬間《しゅんかん》に落としてしまったのか。

「よかった。失くしたらまずかった」

光也がお礼を言おうとしたとき、次の電車がちょうど到着《とうちゃく》して、ドアが開いた。人がどっと押《お》し寄せてくる。人波に葵の姿はまぎれて、お礼を言いそこなった。階段を降りて、発車のベルが鳴り響《ひび》いているなか、電車に飛び乗った。後ろから秋山葵が来るかと思って振《ふ》り返ったけれどいなくて、ドアが静かに閉まった。

最寄り駅に着いたとき、光也は葵を捜《さが》してみたが見当たらない。どうやら今の電車に乗れなかったみたいだ。次の電車でもぎりぎり遅刻《ちこく》しないはずだから、大丈夫《だいじょうぶ》だろう、と考えて歩き出した。

そんなわけで、光也は結局いつもより遅《おそ》く学校に着いた。正面玄関《げんかん》のそばにクラス分けの表が貼《は》られていて、みんながたむろしている。六クラスあるので、自分の名前を探すのは大変だ。名前を見つけるよりも先に、モリリを見つけた。聞いたほうが早そうだ。

「おれ、どこのクラスかわかる？」

「あ、光也、わたしと同じクラスだよ。六組」

「ヤナギは？」

モリリが答えるより前に、ヤナギが現れた。ほおをふくらませている。

「おれだけ四組。仲間外れ」

あーあ、ヤナギ、持ってないな。モリリといっしょのクラスになりたかっただろうに。光也は、ヤナギの背中をトトンと叩《たた》いた。

「ぐえ」

ヤナギは泣く真似《まね》をした。

いっしょに階段を上り、三階で光也はヤナギと別れた。

光也は六組の教室に入った。あいうえお順に並ぶのだが、カ行の光也は窓側から二列目、マ行のモリリは廊下《ろうか》の方だ。

着席して、光也は目を見開いた。前の席、性格分析官《ぶんせきかん》じゃないか！　そういえば「オ」だ。小笠亜貴《おがさあき》。

初日は始業式と掃除《そうじ》のみだ。掃除の前の休憩《きゅうけい》時間、光也はベランダに出てみた。海がよく見える。するとモリリが、小笠亜貴といっしょに現れた。

「このクラス、どう思う？」

モリリが聞いている。小笠は、

「おとなしめの子が多いけど、まあまあいいクラスになるよ」

と言い切った。モリリが言った通り「断言する癖《くせ》」があるようだ。

「ねえ、モリリ、知ってた？　生徒会長に藤堂《とうどう》が立候補するっていう噂《うわさ》」

初めて聞くライバル情報。光也はモリリと顔を見合わせた。

「藤堂くんって、サッカー部のレギュラーのかよ？」

会話に割り込《こ》むと、小笠は「こいつ誰《だれ》？　今、存在に気づいたわ」と言いたげな顔でちらっとこちらを見た。

「あいつ、性格相当悪いらしいよね。自己中で」

キター。性格分析官の本領発揮。

「亜貴ちゃん、この人、京座木《きょうざき》光也くんも立候補するかもらしいよ」

モリリが言ってくれた。光也はうなずいた。すると、小笠は言った。

「やっぱ、女子が立候補したほうがいいと思うんだよね」

まさかのスルー！

明日、席替《が》えがある。離《はな》れることができますように。

13

来週が生徒会長選挙告示だ。立候補届けを提出するときが近づいている。

そんな折、写真動画部にビッグニュースが飛び込《こ》んできた。例の遊園地のオフィシャル広報に応募《おうぼ》した件。

なんと、選ばれた！

海乃島《うみのしま》学園中学の写真動画部は来年三月までの年間無料パス（アトラクションにも乗れるやつだ）を二枚もらえることになった。部員たちが交代で毎日行ってもかまわないのだ。

すばらしいタイミングだった。ちょうど新入生の仮入部の真っ最中だったから。

「新入生を勧誘《かんゆう》するのに最強な切り札を手に入れてしまったな。だって、『写真動画部に入れば、ＯＧＡ　ＩＳＬＡＮＤにただで行けるんだぜ？』って言ったら、たいていの生徒が心揺《ゆ》らぐだろ？」

光也《みつや》がそう言うと、他の部員たちは、

「そうだよな」

「絶対、一年生にウケますよ」

と手を叩《たた》いた。

目論見《もくろみ》どおり、史上最高の十七人もの仮入部部員が誕生した。半数が本入部するとして、八人？　九人？　光也たち三年生が四人、二年生は五人だから、一気に部員が倍増しそうだ。

お礼を言わなくては。その日の夜、光也はこの募集《ぼしゅう》を教えてくれた伯父《おじ》さんに電話をかけた。

留守番電話になってしまったので、文章でメッセージを送ったところ、一時間ほどして折り返し電話がかかってきた。

「やあ、光也。メッセージ見たよ。選ばれるなんてさすがだな」

「いやー、伯父さんに教えてもらえてよかったって、部員たちも言ってて」

受話器の向こう側がざわざわしている。

「伯父さん、今どこにいるの？」

「いや、それよりな、光也。明日の夜、空いてるか？　出かけられるか？」

「へ」

光也は卓上《たくじょう》カレンダーを見た。普通《ふつう》の平日で、部活はないから早めに帰れる。家族で外食なんてことも、めったにないから、空いているといえば空いているけれど。夜出かけるなんて、お母さんがいい顔をしないかも。

「実はな、今、神宮寺《じんぐうじ》さんから連絡《れんらく》があって、明日の夜、大賀《おおが》市に来られるそうなんだ。会ってみないか？」

「神宮寺さんって誰《だれ》かな。けさニュースで見た人じゃないよね？」

「そう、その人だと思うよ。前文部科学大臣の。健康を害して退《しりぞ》かれたが今はもうすっかりお元気だ」

「ふええ、なんでそんな人が」

「話したことなかったか。わたしの大学の先輩《せんぱい》でな。かわいがっていただいてるんだよ」

伯父《おじ》さん、もしかしていずれ本当に国会議員になるのだろうか。

「いや、でも、なんでおれ」

「昨日お話ししてて、小学生や中学生が今どんなことを考えているのか直接聞く機会がなかなかないとおっしゃってたから」

「え、でも」

「ほんの五分か十分くらいいな！　お忙《いそが》しい方だから」

あ、それなら。光也はほっとした。一時間いっしょに食事するような場面を想像していたのだが、短い時間で話すだけなら、まだ気楽だ。

電話を切ってから、伯父さんはメッセージで待ち合わせの時間と場所を知らせてきた。中央本町駅前にある国際ラトリアホテルのロビーに夜六時。少し早めに来ておけとのこと。

お母さんに聞いてみると、伯父さんと会うなら、と別に反対はされなかった。光也は迷ったが、神宮寺さんのことは話さないでおいた。口止めはされなかったけれど、そんな人がそもそも大賀市に来ているなんて、ぺらぺらしゃべっていいことかわからなかったから。

14

次の日、光也《みつや》は五時過ぎには現地に着いていた。ホテルのロビーのソファは、深く沈《しず》み過ぎて座り心地《ごこち》が悪くて落ち着かない。でもそこで一時間以上待った。もう連絡《れんらく》がないのかとさえ思った六時二十二分、ようやく伯父《おじ》さんからスマホに電話がかかってきた。

伯父さんに言われるまま二階に上がって、会議室のドアをノックした。黒いスーツの人がドアを開けてくれた。革張りの大きな椅子《いす》にみんな座っている。一番手前で立ち上がっているのが伯父さんで、一番奥《おく》でゆったり背もたれに体をあずけているのが神宮寺《じんぐうじ》和博《かずひろ》氏だった。髪《かみ》の毛はオールバックで貫禄《かんろく》がある。黒ぶちメガネをかけていて、それが遠視用なのか目が大きく見えるので、目ヂカラがすさまじい。

「やあ、君。こっち来て、中学の話を聞かせてよ」

緊張《きんちょう》で関節がこわばって変な歩き方になってしまう。伯父さんがいつも通りに笑って、

「さ、奥に行って」

と言ってくれたので、光也はほんの少し落ち着いた。

「君、学校では何部なんだい？　運動部か？」

神宮寺さんが聞いてくる。いきなりで答えづらい。光也は口ごもった。

「えーっと……写真動画部です」

すかさず伯父さんがフォローしてくれる。

「先生、写真動画部っていうのは今時なんです。時代の先端《せんたん》と言いますか」

「ああ、なるほど！　ハエとか気にするんだろ？　ハエ」

なんのことだろう、と思ったら、すかさず伯父さんが答える。

「先生、それを言うなら『バエ』です」

あっ、〝映《ば》え〟のことか。この人、お茶目だな。光也はバッグからフォトアルバムを出した。

「これ、三月に去年一年間の部員たちの一番いい作品をまとめたんです」

ぱらぱらぱらっと神宮寺さんはめくって、そして光也の肩《かた》を叩《たた》いた。

「さすが、京座木《きょうざき》くんの甥《おい》っ子だな。君はなかなか見どころがある」

「え？　あ、このフォトアルバムは、ぼくひとりじゃなくて部員みんなの――」

「そう、そこだよ。自分の作品だけを持ってきて見せるもんだよ、普通《ふつう》は。なのに君はみんなのものを見せようとした」

「あ、はい」

単に自分だけの作品集なんて作ってなかっただけ、とも言えるのだが……この流れでわざわざ告白する必要もない、と光也は計算した。

「君はねえ、政治家、もしくは政治家秘書にとても向いている。いい素質を持っている！」

「うぇ？」

変な声が出てしまった。伯父《おじ》さんと同じように、この人にも激励《げきれい》されるなんて思ってもみなかった。前文部科学大臣に！

伯父さんも、今の言葉には驚《おどろ》いたようだ。

「や、光也。畏《おそ》れ多い言葉だぞ。神宮寺先生は若い頃《ころ》からスーパーマンだったんだからな。バレーボールではスポーツ特待生で高校に来ないかと誘《さそ》われたくらい、運動もすごかったんだぞ。勉強でも模試で全国一位になられたそうだし。大学ではアメリカに留学してスペイン語もマスターして三ヶ国語ペラペラだし」

「素直《すなお》にすごいと思います」

光也は深く考えずに言葉を続けた。

「ぼく、政治家ってそんなスペックの高い人いるって知らなくて。汚職《おしょく》とか裏金とか、汚《きたな》いことやってる人の集まりだと思ってて」

「こらぁぁ、光也。素直を超《こ》えてバカだろう、そんな言いぐさは。神宮寺先生の寛大《かんだい》さに甘《あま》えすぎだぞ」

伯父さんがポカッと光也を叩《たた》くポーズをしてきたが、そのグーの親指が本当にこめかみに当たった。痛い。

神宮寺さんは、相手の無作法な物言いにも慣れているのか、気を悪くした様子はない。むしろ光也の目をじっと見つめる。

「光也くん。中学生の君が政治に失望しているのは我々《われわれ》の責任だ。政治家は国民のために何ができるかを考えている人たちの集まりなのだよ。汚職や裏金はもちろん許されないことだが、そういうことをやる政治家も、私腹を肥やしたいのではなく、やりたい政治をやるために、金が必要で集めているというのが実際のところなんだ」

「そうなんですか」

「理想は金がかからずにやれる政治。政治の世界ももっとデジタルが活用されたら、節約できることはたくさんある。私はゆくゆくはそんなこともやりたいと思っている。君のような今時の若者にアドバイスをもらえたらこんなにうれしいことはない。また話を聞かせてくれないか」

そう言って、手を差し出してくる。光也はおそるおそる握《にぎ》り返した。何か言わなくては、と思った。

「実は、生徒会長に立候補しようと思っていて」

「ほう！　いいことじゃないか。むろん、私も高校時代は生徒会長をやったとも」

「そうなんですか？　ぼくは勝てるかわかんないし、自信もないんですけど」

「選挙に勝ちたいと思ってはいけない」

「は……？」

「ひたすら、生徒のみんなのために何ができるのか、考えるんだ。相手に問うんだ。自分に問うんだ。そうしたら、君の気持ちが相手に伝わるはずだよ」

「はいっ」

日本全国の生徒会長立候補者のなかで、大臣経験者から直接アドバイスをもらえる中学生なんて、他に何人いるだろうか。光也は、いつまでも手を握《にぎ》っているわけにもいかないから放すかわりに、伯父《おじ》さんに頼《たの》んだ。

「あの、伯父さん。記念写真撮《と》ってくれないかな」

「それはいいな。先生、光也といっしょに写真、お願いしてもいいですかね。記念になるんで」

こういう頼《たの》まれごとに慣れているのか、伯父さんはすばやくスマホで撮ってくれた。神宮寺さんは肩《かた》を組むようなポーズをしてくれた。光也はごつっとした手の大きさを感じた。

15

立候補の届け出を出すのは、まだ少し先だ。でもやらなくては。何しろ大臣経験者に背中を押《お》してもらったのだから！　光也《みつや》は今できることを考えた。

その結果、光也は校内で休み時間に写真を撮《と》ることにした。テーマは「ありふれた風景」。生徒の横顔や、歩く人の姿が入った校舎の写真を撮っていく。相手に、雑談のついでに聞く。

「学校に何か不満とかないですかね？　あったら教えて」

「え、なんで」

「生徒会長に立候補しようかと」

平静を装いながらも、やはり光也の顔はこわばりそうになってしまう。それを無理やりほぐす。時には手でマッサージしながら。

「へーっ！　頑張《がんば》って」

相手は言う。「頑張《がんば》って」は、だいたい棒読み、というか社交辞令っぽい。けれどいいのだ、と光也は思う。記憶《きおく》されることが大事。立候補して、立会演説会で顔を見たらきっと思い出してくれる。

選挙対策委員長・モリリもこのプランに大賛成してくれた。クイズでも、質問が出たときにパッと答えを思い付くとは限らないらしい。「それ、どっかで見た、なんか知ってる……」と、脳の奥《おく》から記憶を引っ張り出すのだそうだ。

金曜日は、休み時間だけでなく放課後も少しの間やることにした。いよいよ来週が立候補期間だから。

ようやく顔はこわばらなくなってきて、普通《ふつう》に笑えるようになった。

光也が階段の踊《おど》り場でいいアングルを探していると、スミレの花、もとい秋山葵《あおい》が降りてきた。今年度の図書委員長になったとモリリに聞いた。壁《かべ》の丸窓から入ってきた光を浴びて、髪《かみ》の毛に天使の輪ができている。目が合った。

「あ、こないだはさ、ありがとう。言いそびれてて」

「え?」

「ほら、盗撮騒《とうさつさわ》ぎがあったとき。サブバッグ、なくなったら大変だった。偶然《ぐうぜん》、君がいてくれてラッキーだったよ」

改めてお礼を言った。

「あ、うん」

秋山葵はうなずいた。

「そうだ、写真、撮《と》らせてくれる？」

そうたずねると、秋山葵の顔がこわばった。

「ご、ごめんね。急いでるからまた」

「お、おう」

小走りに去っていく。写真苦手だったかな。見送っていると、ポニーテールの女子が話しかけてきた。一年のとき同じクラスだった加藤美奈《みな》だ。

「ねえ、生徒会長に立候補するってほんと？」

「そのつもりだけど」

「じゃあ、ライバルだ」

「え？　誰《だれ》の」

「平野くん。テニス部の新キャプテン」

加藤美奈の目はキラッキラしていて、明らかにやつのファンだ。

「ふうん、そうなんだ」

興味なさそうにうなずいたものの、内心まずいのでは？　と思った。モリリが「性格いいやつ」として名前を挙げていなかったっけ？　性格分析官《ぶんせきかん》も、明るいムードメーカーだとほめていたような……。

光也が教室に戻《もど》ると、女子が六人ほど、前から二列目の小笠亜貴《おがさあき》の席を囲んでしゃべっている。モリリはいない。席にバッグもなかった。本当なら毎週金曜が選挙対策委員会なのだが、来週の月曜日に変更《へんこう》になった。だからもう帰ってしまったようだ。

光也の席は窓際《まどぎわ》の前から四列目だ。自分の席に座り、カメラをケースにしまって帰る準備を始めた。女子たちの声が響《ひび》いてくる。

「え、本当に立候補するの？　平野」

「テニス部ナンバーワンイケメン」

光也は耳をそばだてた。

「カッコいいよねえ」

「テニスもうまいんだよ」

すると、低めの声が、女子たちをぴしゃりと抑《おさ》えた。

「何をもてはやしてんの。平野が立候補した経緯《けいい》知ってる？」

憤慨《ふんがい》しているのは性格分析官ではないか。

「え、知らなーい」

「なになに」

「サッカー部の藤堂《とうどう》と、バスケ部の溝本《みぞもと》と、平野の三人で、じゃんけんしたんだって」

じゃんけん？

「負けたやつが生徒会長選挙に立候補ってゲームをして、平野が負けたの」

小笠亜貴が言うと、女子たちは口々《くちぐち》にしゃべる。

「え〜、平野くんがそういうゲームやるの意外」

「わたし聞いたよ。平野くん、プライベートでちょっとヤなことがあって、気分転換《てんかん》にやったって」

「ちょっとヤなこと？　平野くん、おかわいそうに〜。なんだろ」

「知らない」

「負けたのが平野くんでよかったよ。藤堂は評判悪いよねえ。わたし応援《おうえん》する気しないし」

「わたしも平野くんのほうがいい」

わいわい言い合っているのを、分析官がさえぎった。

「違《ちが》う違う、そういう問題じゃなくって！　ねえ、選挙を罰《ばつ》ゲーム扱《あつか》いするっておかしくない？　そんなやつが上に立つってよくないよ」

光也は、両手の動きが止まっていることに気づいた。聞き耳を立てるにもほどがある。あわてててリュックを抱《かか》えた。そのとき、分析官《ぶんせきかん》が言った。

「わたし、決めた。腹立ったから決めた。わたしが立候補する」

16

月曜日の放課後、光也《みつや》は立候補の届け出用紙をもらいに職員室へ行った。生徒会担当の源《みなもと》先生が用紙をくれた。

シンプルな紙だ。「生徒会長に立候補します」という短い文章の下に、学年と氏名を書くだけ。持ち帰らず、光也はその場で書き込《こ》んだ。提出しつつ先生に聞いた。

「ほかに立候補してる人、いますか」

「生徒会室の外の掲示板《けいじばん》に、立候補の届けを出した順に名前が出るぞ」

職員室の左どなりが生徒会室なので、その足で見に行った。

第八十九代生徒会長立候補者名
小笠亜貴《おがさあき》

平野賢哉《けんや》

今日が初日で金曜日まで受け付けているから、自分は一番乗りかと思ったら、既《すで》に三番目だった。本当に性格分析官《ぶんせきかん》も平野も立候補したんだ……いよいよ始まるんだな、と思う。

といっても、ゴールデンウィークに入るので、五月八日から一週間が選挙活動、次の週の十五日が演説会、その後すぐ投票というスケジュールだ。

教室に戻《もど》ろうとして、階段を上がったときだった。踊《おど》り場にいる人が、光也の進路をふさぐように立った。

ん？　秋山葵《あおい》ではないか。

「あの、今、お時間いいかな」

「え、おれ？　何」

「あの、ちょっと、どっかで話……えっと屋上とか」

「は、えー、なんで」

光也は曖昧《あいまい》に答えた。ついていったら、屋上には分析官がいて、「選挙出るな」と文句言われるんじゃないか——。そんな妄想《もうそう》が頭をかけめぐる。

「えっと、話したくって」

いや、「いい人」がそんなパシリみたいなことはしないだろう。

「まあ、いいけど」

屋上の鉄扉《てっぴ》を光也が押《お》し開けると、ちょうど入れ替《か》わりに女子が三人入ってきた。屋上に出ると右手のほうには男子がひとり、座っていた。美術部だろうか、絵を描《か》いているみたいだ。左手には誰《だれ》もいなかったので、ふたりでそっちに向かった。誘《さそ》ったくせに、秋山葵はフェンスに手をかけて、海の方を見ている。

「話って？」

葵は振《ふ》り返った。

「あのね。京座木《きょうざき》くんって、好きな人いますか？」

「へ？」

「お付き合いしている人、誰かいるのかな」

「い、いないけど」

それが何か？

自分はまったく勘違《かんちが》いをしていたのだろうか。そうだ。女子に呼び出されて人気《ひとけ》の少ないところに行くのは、あれ、じゃないのか？

改めて真正面から見る。毛量少なめのやわらかい髪《かみ》が風にあおられると、ほっそりした首と肩《かた》がよく目立つ。

「あの……。えっと、えっと」

そのほっぺたが赤くなっていく。

「こういうの初めてで、いろいろ考えてきたのに全部忘れちゃって、その……好き、です」

え、ちょっと待て。なんというか、考えもしなかった。自分のこと好きかも、という空気をまったく感じなかったのだが。

光也は何か見落としていたのではないかと、過去の場面を懸命《けんめい》に思い出そうとした。思わせぶりなシーンは何も浮《う》かんでこなかった。

「あの……おれのどこが」

誰《だれ》よりもいい人が、やなやつ偏差値《へんさち》58を好き……おかしくないだろうか。

「入学した頃《ころ》から」

「へ?」

「よく、うちの教室に遊びに来てたでしょ。モリリさんに会いに」

「ああ、うん」

「お付き合いしてるのかなと思ったけど、違《ちが》うって聞いたし。それでね、わたしバス通学してたんだけど、電車なら途中《とちゅう》からいっしょになれるってわかって、電車通学に変えたの」

「あ、え……えええ？」

つまりそれは、自分と通学路で会うために、ということか。

「サブバッグ、わたしが拾ったこと、『偶然《ぐうぜん》』って言ったでしょ？　でもほんとは偶然じゃない。いっつも会えるように、時間を合わせてたんだもん」

「マジで……」

「前からカッコいいと思ってた。でも、盗撮容疑《とうさつようぎ》の人、追いかける姿見て、なんていうか……とっても感動して、もう黙《だま》ったまま卒業できないなって」

「いや……おれ、どっちかっていうと嫌《きら》われてるのかな、って」

「どうして」

「だって、写真撮《と》らせてって頼《たの》んだら断られたし」

「あ、心の準備できてなくて。ドキドキして逃《に》げちゃったの」

マジかーっ。光也は動揺《どうよう》のあまり、とにかく体を動かしたくなった。秋山葵が目の前にいなかったら、その場でスクワットでもしていたかもしれない。何か体に負荷をかけないと平常心ではいられない。こういうとき、どう対応するのがスタンダードなのか。実は今まで女子に告白されたことはないし、自分もしたことはない。というか、おれ、この子のこと、どう思ってんの？

「あまりに思いがけなくて、すぐ返事ができないっていうか」

目が合った。秋山葵は口角をちょっぴり上げて、微笑《ほほえ》んだ。

「驚《おどろ》かせてごめんなさい。待っててもいいかな」

「うん。もちろん」

ああ……激動すぎる。

17

光也《みつや》が市立図書館地下カフェに着くと、モリリとヤナギが柱の向こうの席でしゃべっているのが見えた。

ドリンクを買って行くと、

「ねえねえねえ、立候補用紙は？　もしかしてもう提出してきたの？」

と、モリリが聞いてきた。ヤナギのドリンクは半分以上なくなっている。かなり待たせてしまったみたいだ。

「提出してきたけどさ、正直、それどころじゃない案件が発生して」

光也は座った。みんなの顔をまっすぐ見られない。どう切り出していいかわからない。ニヤニヤしてしまう自分を隠《かく》したい。だから、頭を両手で抱《かか》えた。

「え、何？　何？　立候補者たくさんいたとか？」

「いや、いまんところは小笠《おがさ》と平野とおれ」

「じゃあ、先生に反対されたの？」

「いや、全然」

「えっと、じゃあ――」

さすがクイズ研究会、早く教えろとは言わず、永遠に当ててきそうな勢いだ。

「選挙、関係ない」

「そうなの？　なら、なんだろ」

待っていようと思ったけれど、もうガマンできない。

「モテてしまって申し訳ない」

光也は、頭を抱《かか》えたまま言った。

「え、え、何？　モテてしまって申し訳ない？」

「ん？　誰《だれ》かにコクられたのかよ？」

ふたりに体を揺《ゆ》さぶられた。

「誰にコクられたの？　ねーねー」

「教えろ！　何もったいぶってんだよ」

光也は顔を上げた。買ってきたアイス抹茶《まっちゃ》ラテをちゅーと吸う。

「こういうのって、個人情報じゃねーの？　言っちゃっていいのかな」

「友達には話すでしょっ」

「匂《にお》わせといて言わないなんて許さねーぜ」

光也は間を取ってから答えた。

「花のような子だよな。スミレのような」

ふたりが顔を見合わせる。

「うそでしょ⁉　葵《あおい》ちゃんなの？」

「いやいやいやいや、いい人がおまえに言い寄られて断れないならあり得るけど、向こうからコクってくるとか百パーあり得ねえ」

こら、断言するな。

「いい子な上に、見る目もある、と」

告白の瞬間《しゅんかん》、光也は戸惑《とまど》うばかりだった。自分がどうリアクションすればいいのかばかり考えていた。ひとりになってから、ようやく気づいたのだ。やっぱりおれって、自分が思っているよりイケてるんだな、と。

同じクラスにもなったことのない女子、しかも性格がいいと評判の子が好きだと言ってくる。告白されたことと選挙に勝つことはなんの関係もないはずなのに、光也のメンタルのなかではつながっているみたいで「勝てる！」という気がしてきたのだった。

「マ……ジかよ」

ヤナギがぐったりしているのは、もちろん「告白されたことないナカマ」から光也が抜《ぬ》けたためだ。

「葵ちゃんって、ほんとかわいくて可憐《かれん》でやさしくって……非の打ちどころがないと思ってたのに、なんと見る目だけがない！　びっくりだね」

「こら、モリリ」

言葉では怒《おこ》りつつ、笑ってしまう。まあ君たち、なんとでも言いたまえ。

「『白璧《はくへき》の微瑕《びか》』だね、葵ちゃん」

「なんだよ、それ」

「『完全なものに、わずかな傷がある』っていう意味。もう少し簡単に言うと、『玉に瑕《きず》』ってこと」

「クイズ研究会さん、いつも豆知識をありがとう」

「で、おまえ、どうすんだよ。付き合うのかよ。写真動画部の特権使って、『ＯＧＡ　ＩＳＬＡＮＤ』行こうと企《たくら》んでるな？」

ヤナギが光也を小突《こづ》いてくる。

「そこですよ、問題は」

真顔に戻《もど》そうとして、口の内側を歯で嚙《か》んでから、光也は言う。

「今、大事なときじゃないですか、おれ。ここで気を散らしているようじゃいけないと思うんだよな」

「うーん、たしかに、葵ちゃんまったく悪くないけどタイミングがねー」

モリリもうなずく。

「いや！　よく考えたら選挙なんてどーでもいいだろ。あの子、おまえにもったいない。人生で二度とないぞ」

ヤナギは煽《あお》ってくるけれど、光也は両目をつぶって首を左右に振《ふ》った。

「もう一つ懸念《けねん》すべきことが」

「なんだよ」

「どっちがいいんだ？　生徒会長に立候補する人間として。誰《だれ》かと付き合ってる方がいいのか、誰《だれ》のものでもない方がいいのか」

「アイドルかよ！」

ふたりのツッコミがそろった。

「たとえば他にもおれを好きな女子がいるとして――」

「けっ」

と、ヤナギ。

「その子は、おれがあの子と付き合いだしたら、絶対一票入れてくれないだろ?」

ふと、視線を感じた。

振《ふ》り返ると、柱の向こう側から女子がふたり、こちらを見ている。とてもとても冷ややかな目。光也たちと同じ制服を着ていた。紺《こん》のブレザー、そしてエンジ色のネクタイ。間違《まちが》いない。

油断していた。この図書館カフェでうちの学校の生徒を見かけたことは今までなかったから。

18

なんで月曜日に立候補届けを出してしまったんだろう。出す前だったら、何食わぬ顔で出馬を取りやめることもできたのに。

光也《みつや》が市立図書館地下カフェでしゃべったことは、大量の水が布にしみこんでいくみたいに、静かに、でもあっという間に校内へ広がっていった。

火曜日の放課後、廊下《ろうか》を歩くと、決して気のせいではなく視線が冷たい。他のクラスのやつが光也を見てささやき合っている。内容は想像がつく。コクられたことを自慢《じまん》げにしゃべった上に、選挙と天秤《てんびん》にかけてるイヤなやつ——。

「ねえ、あんなやつに投票する人いんの？」

教室内で聞こえよがしに嫌味《いやみ》を言っている女子がいた。性格分析官《ぶんせきかん》だ。でも、光也は何も言い返せない。やなやつ、と思っても、自分のほうがもっといやなことをしてしまったのだ。

なのに、金曜日の放課後までに「所信表明」を学校に提出しなくてはいけない。それは、校内五ヶ所の掲示板《けいじばん》に、他の立候補者の表明と並べて貼《は》られるのだという。何を書けばいいのか……じゃない！

今、光也がするべきことは……本当に気が重く、逃《に》げ出したく、可能ならばさっさと家に帰りたいのだが、秋山葵《あおい》に会って謝ることだ。

ついていってやろっか？　とヤナギが言ってくれて、喉元《のどもと》まで「頼《たの》むよ」と声が出かかったのだが、

「いや、ひとりで行く」

と、光也は断ったのだった。

秋山葵は三年一組だ。後ろの引き戸から教室をのぞくと、いた。中に入っていく勇気はなくて、彼女《かのじょ》が廊下《ろうか》に出てくるまで待っていた。

「あのさ」

無視されるかと思った。でも、バッグを抱《かか》えた秋山葵はニコッと笑った。

「こんにちは」

もしかして、この人、なんにも聞いてない？　そんなことってあるんだろうか。全校で噂《うわさ》になっているのに。いや、あり得るかも。周りが気を遣《つか》って本人にだけは伝えないパターン。

「これから図書室？　ちょっとだけいいかな」

「あ、えっと……今日は当番じゃなくて。あ、あ、でもちょっと家庭科室に忘れものを。すぐ終わるので！」

「じゃ、海の方、ツツジのあたりで待っててもいいかな」

「はい！」

正門とは逆側。裏門から出ると左側にツツジの植え込《こ》みがある。
七、八分ほどして、秋山葵は走ってきた。
「遅《おそ》くなってごめんね」

「いや、こっちこそ、迷惑《めいわく》をかけてほんと、ごめん」

「迷惑《めいわく》？」

光也は大きく息を吸った。

「君、聞いてないかもしれないけど、おれの噂、校内で流れてて。その……君に告白されて、選挙があるからどうしようかなー、みたいな。友達にしゃべってたの、人に聞かれて」

「ああ、はい」

普通《ふつう》にうなずかれたので、光也は彼女の顔を二度見した。

「知ってた？」

「はい。昨日の夜も今日も、あちこちから連絡《れんらく》来て」

ですよね。思いっきり聞いてますよね……。

光也たちは海沿いにゆっくり歩き出した。風速三メートルくらいだろうか、風が吹《ふ》き抜《ぬ》けていく。それでも波はまだ穏《おだ》やかで、係留されている小型船がわずかに揺《ゆ》れている。遠くを、モノレールがするする走っていく。

「ひどいなって自分でも思う。君のプライバシーをぺらぺらしゃべって、調子に乗って選挙と天秤《てんびん》にかけるようなこと言って。弁解するとさ、告白されたの人生で初めてで、悩《なや》んでるふりして、友達に自慢《じまん》したかったんだよ。おれ、そういう、やなやつなんだ」

「自慢したかったの？」

秋山葵が光也の前に回り込《こ》んだので、歩けなくなった。

「う、うん」

「うれしい！」

「へ？」

「だって、『あいつに告白されてキモい』って思われた可能性もあるんじゃないかと恐《おそ》れてたの。そうじゃないなら、わたし、こんなうれしいことってないかも」

「いや、君さ……」

そんなにいい人で、人生大丈夫《だいじょうぶ》？　つか、本当に揺《ゆ》るぎなくいい人って存在するんだな！

「まだ返事ができなくて。おれのこと嫌《きら》いになってたら、言ってくれていいんだ。学校じゅうのひんしゅく買ってるおれを、君だけ許すのはおかしいよ」

彼女《かのじょ》は首を横に振《ふ》った。

「性格悪いって自分のこと卑下《ひげ》してるけど、性格悪い人は、こんなふうに謝ったりしないよ。京座木《きょうざき》くんは悪い人ぶっても本当はすごくいい人」

「え……そうかな。いい人偏差値《へんさち》いくつぐらいだろ？」

はっ、しまった。光也は口元に手を当てた。何を図に乗ってるんだ、おれは。

「いい人偏差値？」

あは、と笑って秋山葵は続けた。

「67くらい？」

た、高い！

19

五月二日、立候補者三人の所信表明が壁《かべ》に貼《は》りだされた。立候補届けを提出した順番だ。

性格分析官《ぶんせきかん》の文字は、やたら達筆だった。平野は殴《なぐ》り書きみたいな大きな文字。そして光也《みつや》は、女子によく「かわいい」とほめられる丸文字だ。

小笠亜貴《おがさあき》　所信表明

三年六組の小笠亜貴です。

この学校は今年で創立四十五年です。つまりこれまでは八十八人の生徒会長がいました。そのうち男子が八十三人、女子は五人です。おかしくないですか？　六パーセントなんです。わたしはそれを少しでも増やすために立候補します。女子の皆《みな》さん、遠慮《えんりょ》しないで主張しましょう。男子の皆さん、やりたくないことをじゃんけんで負けた人に押《お》し付けるのはやめましょう。責任を持ってやり遂《と》げる人を選びませんか？　わたしが生徒会長になったら、生徒会室の扉《とびら》をいつもオープンにします。皆さん遊びに来て、生徒会の仕事を知って、興味をもってくださいね。

平野賢哉《けんや》　所信表明

平野賢哉@三年二組、参上！　テニス部ではシングルスで県大会ベスト8進出。今年はベスト4以上、全国大会も狙《ねら》います。みなさんぜひテニス部に……じゃねーよ！　生徒会長だよ！　海乃島《うみのしま》学園ＬＯＶＥ！

京座木《きょうざき》光也　所信表明

生徒会長に立候補した三年六組の京座木光也です。伯父《おじ》が市議会議員をやっていて、話を聞いて、人の生活を支える仕事に興味を持ちました。今、自分たちが在校している間にこの学校をどうやったらよくしていけるのかを考えたいと思いました。ヒアリングをしたら、自動販売機《はんばいき》に問題を感じている人が多いことがわかりました。特に運動部の人は売店が閉まった後に食べ物を買えるところがほしいそうです。アイスやパンの自動販売機をどのようにしたら設置してもらえるのか、学校と相談しながら考えていきたいと思います。他の要望もどんどん伝えてもらって、改善していきたいです。あと最近、ぼくが不用意な発言をしたせいで不快な思いをさせてしまったことがあります。本人には謝りました。足りないところが多いのですが、成長していきたいです。これからも何かあったら指摘《してき》してください。よろしくお願いします。

翌日から五日間、ゴールデンウィークで学校が休みになった。翌週になると光也を冷ややかな目で見る人はいなくなった。

もっともそれは、所信表明が説得力あったから、ではないはずだった。

秋山葵《あおい》のおかげだ。「自分は全然傷ついてないし、今は京座木くんの選挙を応援《おうえん》している」と、クラスで話してくれたみたいなのだ。三年一組の写真動画部の仲間が光也に教えてくれた。それで「まあ、本人がいいって言ってるなら、周りが文句言うことないよね」という空気になってきたらしい。

本当に……どうしてあの人が自分を好きになったのか……申し訳ない。光也は秋山葵を見かけるたびに、頭を下げたくなった。

あともう一つ、別の出来事が話題をさらった。

五日間の休みの間に学校の近所で「事件」が起こった。「犬への悪質な行為《こうい》」だ。

駅と学校の間に住宅地があるのだが、そこに毒物らしきものを置いたやつがいた。狙《ねら》いは犬。

飼い主といっしょに散歩していた犬が拾い食いして、ゲーゲー吐《は》いて入院した。その少し前に、
見慣れない白い車を見かけた人が複数いたらしい。また、別の飼い主は、犬がまさに食べようとした瞬間《しゅんかん》に気づいて止めて難を逃《のが》れたそうだ。

そのことを県の新聞社が取材して記事にした。紙の新聞は地域限定でも、ネットニュースは全国に流れるから、話題になったのだった。

モリリは自分の家でコーギー犬を飼っているので、特にこのニュースに怒《おこ》っていた。

「絶対あり得ないよね！　うちのココちゃんも食いしん坊《ぼう》だから食べちゃいそうだもん」

以前の光也なら、こういうときに、「モリリのほうが食い意地張ってるから先に毒物食っちゃうだろ」とか茶化しがちなのだが、あんまり余計なことは言わないようにしよう、と自分を戒《いまし》めた。

五月八日から一週間が選挙期間だ。廊下《ろうか》で話をしたり、ビラを配ったりする。ＳＮＳを使うのは禁止。光也は、一階と二階の水飲み場の前で、ビラを配って挨拶《あいさつ》した。モリリとヤナギと、

写真動画部の一年生が交代で手伝ってくれた。ありがたいことだ。

ヤナギがにやにやしながら、

「おまえの性格の悪さ、まだ一年生にはバレてない！」

と言ってきたけれど、光也は抵抗《ていこう》するのはやめた。そう、おれは性格悪くて、でも周りに助けられてるんだ。マジで。

20

いよいよ、来週が立会演説会だ。三人の候補者が壇上《だんじょう》で激突《げきとつ》する。

いまだに光也《みつや》は、なんで立候補しちゃったんだっけ、と鬱《うつ》モードに入るひとときがある。特に朝、寝起《ねお》きが悪いので、ぼんやりしている時間帯に。

けれどすぐに、モリリやヤナギのこと、そして伯父《おじ》さんや神宮寺《じんぐうじ》さんのことを思い出す。

神宮寺さんは、先日もテレビ対談に出演していた。そういえば伯父さんは、神宮寺さんとのツーショット写真をまだ送ってくれていない。請求《せいきゅう》しなくては。いっそ、選挙が終わってからでもいいかもしれない。いい報告をしたい。そのためにもやっぱり頑張《がんば》らなくては、と光也は思うのだった。

正直、最初は恥《は》ずかしかった。モリリが作ってくれたおそろいのブルーのハチマキを頭に巻いて、廊下《ろうか》に立って、「こんにちは！　生徒会長に立候補した京座木《きょうざき》光也です！」なんてアピールするのは。

　でも、慣れてくると、立ち止まってもらえるのがうれしい。

　写真動画部の部員たちは、光也を被写体《ひしゃたい》にしてあっちこっちから撮《と》っていた。こら遊ぶなよ、と思ったけど、それを部室の前や、所信表明の上にぺたぺた貼《は》り付けてくれて、素敵《すてき》なアートっぽくなった。

　小笠亜貴《おがさあき》は、廊下《ろうか》ではなく生徒談話室という広い休憩室《きゅうけいしつ》を使って、小笠派の会合をよくやっていた。熱心なファンが多い代わりに、アンチも多い、というのはヤナギの見立てだ。「女が全員支持しているということはなく、逆に、『女の代表ヅラしないで』と反感を抱《いだ》く人たちもいる」とのこと。

　平野賢哉《けんや》は、テニス部を中心に運動部と、あと平野をカッコいいと思う女子が主に支持している。ただ、ノリで立候補したのはバレているので、まじめに生徒会を考えるタイプの子たちがどう思うかはわからない。

　おれが一番キャラが薄《うす》い、と光也は我ながら思うけど、まったく歯が立たないってことはないと信じて昼休みと放課後、廊下に立った。

　最終日の放課後は喉《のど》がかれてしまった。もう、へとへと、と思ったところに秋山葵《あおい》がのど飴《あめ》を持ってきてくれた。ちょっと泣きそうになった。

そして次の週の月曜日。

いよいよやってきた。決戦の日。一般《いっぱん》の生徒たちにとっては、講堂に呼び集められるただの面倒《めんどう》くさい行事かもしれないが。

ホームルームの後、一時間目に全員が講堂に集まった。一学年二百四十人×三学年。全部で七百二十票ある。毎年、棄権《きけん》する人もそれなりにいるらしく、実質六百五十票くらいだという。

ここでアピールできるかどうかが大きい。

「立会演説会を始めます」

選挙管理委員長の尾関《おぜき》さんが司会をする。

光也と性格分析官《ぶんせきかん》・小笠亜貴と平野賢哉の三人は、壇上《だんじょう》に上がった。ピーピーという指笛や声援《せいえん》は、平野に向けられている。本人もそれがわかっていて、両手を振《ふ》っている。なんだこいつ、と思いながら光也が見ていたら、不意に平野はこちらに顔を向けて、光也をじろりとにらんだ。視線を感じていたみたいだ。反射的にそらしたくなったのをこらえて、光也はにらみ返した。平野はまた生徒たちに笑顔《えがお》を振《ふ》りまきだした。

椅子《いす》が三つ置かれている。舞台《ぶたい》に向かって右端《みぎはし》の椅子が小笠、中央が平野、そして左端が光也。見渡《みわた》すと、七百人余の顔が見える。こっちを向いている人もいれば、となりとしゃべっている人、何か本でも持ち込《こ》んでるのか下を向いている人、目を閉じている人、さまざまだ。

ああ、カメラを持ってきたらよかったな、と光也は思った。そう考えると、なぜだか、肩《かた》に入っていた力がすーっと抜《ぬ》けていく気がした。

モリリと目が合った。両手をグーにして、ガッツポーズしてくれた。

秋山葵とも目が合った。まばたきもしないでこっちを見ている。目が大きいんだな。前髪《まえがみ》をピンで留めているのでおでこが広く見えるな、などと余計なことを考える余裕《よゆう》まで出てきた。

三人がそれぞれ演説した。所信表明とほぼ同じ内容だ。平野はとっても短くて、それでも一番大きい声援《せいえん》を浴びていた。

演説する平野の背中を壇上《だんじょう》の後ろから見ていると、オーラを感じた。なんだろう。くやしいけど、やっぱりスター性がある。

光也も話した。自動販売機《はんばいき》の話をしたら、一部から拍手《はくしゅ》が起きたのがうれしかった。

問題はここからだ。

演説の後、質疑応答をやることになっていた。生徒たちが挙手して質問をする。それに三人が答えるのだ。

大丈夫《だいじょうぶ》、大丈夫、と光也は自分に言い聞かせた。金曜日の夕方、モリリ、ヤナギと質疑応答のリハーサルをやった。市立図書館地下カフェはやめて、中央本町駅の駅ビルにある書店へ行き、店の前のベンチに腰《こし》かけた。

さすがヤナギは、いやらしい質問をする天才だ。「あなたに投票するとどんな見返りがあるんですか」とか、「あなたの欠点を敢《あ》えて教えてください」とか、「他の候補者のことをどう思いますか」とか。光也は答えづらくて、何度も絶句してしまった。でも、最終的には、答えをちゃんと考えて言えるようにした。時にはまっすぐ、時にはちょっと笑いを入れてかわしたりして。

ヤナギに鍛《きた》えられたおかげで、光也はさくさく答えることができた。「立候補しようと思ったきっかけはなんですか」「入学して今までで一番思い出に残っていることはなんですか」など、答えやすい質問ばかりだったし。

「では、そろそろ質問タイムも終わりなので、次で最後にします。誰《だれ》か」

司会の選挙管理委員長の尾関さんが講堂の中を見回す。奥《おく》のほうで手が挙がった。

「そこの一年生、どうぞ」

尾関さんが指名すると、ショートカットの女子がマイクを受け取って立ち上がった。

「あの、三人に質問です。最近、この近くで、犬が毒エサを食べる事件がありましたよね」

あ、例の、モリリが怒《おこ》っていたやつ。光也は身を乗り出した。

「わたしは犬好きなので調べたんですけど、その犬はまだ調子が悪くて病院に通っているらしいです。それで、こういう事件が学校の近くで起きるのは悲しいなと思ったんですけど、皆《みな》さんはこの事件について何か対策はありますか？」

ざわざわざわーっ、と講堂の中が大きく揺《ゆ》れた。

「まだ通院してるんだ、かわいそう」

という声もあれば、

「生徒会と関係あんの？」

というささやきも聞こえる。

「はい、じゃあ、順番に答えてもらいましょう。京座木さん、何度もうなずきながら聞いていたようですが、どうですか？」

いきなり、おれ？

今までずっと、立候補順で、小笠→平野→京座木の順番だったので、油断していた。

光也はマイクを持った。

「えーと、その事件、もちろん知ってます。ちょっと調べました。毒エサがまかれていたのは三ヶ所で、不審《ふしん》な白い車が目撃《もくげき》されていたので、外部の人間がここに立ち寄ったのではないか、と言われています。毒エサって、非常に気味が悪くて、街の治安全体に関《かか》わることだと思うんで。そのー、えっと……」

どうまとめればいいのか。

「えっと、おれたちは小学生くらいの頃《ころ》は、街に守られてるとこ、あったと思うんです。帰りに横断歩道を渡《わた》るのに、見守りの人がいてくれたり。あれから年を重ねて、今度はおれたちが街を守ってもいいんじゃないか。おれが選ばれたら、自治会の人と連絡《れんらく》を取って、必要があれば生徒たちで有志を募《つの》って放課後にパトロールするとか、そんなのもありじゃないか、って思います」

まばらな拍手《はくしゅ》が起こった。

なんか、的外れの答えだったかも。

そう思いながらモリリのほうを見たら、力強くうなずいてくれている。よかった。

「あ、手が挙がってますね。では小笠亜貴さん」

と、選挙管理委員長の尾関さんが指名した。

「あのー、言わせてもらっていいですか？　わたし、そういうその場しのぎで適当なこと言う人って嫌《きら》いなんですよね」

来たっ。全校生徒の前でおれを落とす攻撃《こうげき》。さすが、ややつのボスだけある。光也は敢《あ》えて笑《え》みを浮《う》かべながら見返したが、顔がこわばりそうだ。

「外部のことは生徒会の仕事ではありません。そんなこと言ったら、近所に泥棒《どろぼう》が入ったら、火事が起きたら、全部生徒が街を守るために動員されなくてはいけないんですか？　そんなの有志の人がやればいい。ええ、手を挙げてくれたあなたが、率先して声をかけたらいい。生徒会は学校内外の雑用をするお手伝い係じゃないんです。決まった事務をやって、次の代に引き継《つ》ぐのが仕事です。要望があったらなんでも請《う》け合うという姿勢は、ズレてると思うし、生徒会長が余計なことに首を突《つ》っ込《こ》むと、副会長や書記や会計といった生徒会メンバーが困るわけなんです。わたしは思い付きで、周りに迷惑《めいわく》をかけるような生徒会長にはなりたくないと思っています。つまり、質問の件に答えると、それはやるとしても校内のボランティアでやることで、生徒会とは違《ちが》うジャンルだということです」

うっ。光也は、頭を両手で抱《かか》えたくなるのをこらえた。あんたはバツです、とはっきりダメ押《お》しされてしまった。

「小笠さんに聞きたいんですけど」

さっきの一年生がまた立ち上がっている。

「なんでしょう」

「校内のボランティアでやるとしたら、そこに小笠さんは参加しますか」

小笠亜貴は瞬時《しゅんじ》も迷わない。

「生徒会長になったら、そちらが忙《いそが》しいのでやりません。選挙に落ちて、だれかに参加してって頼《たの》まれたら、そうね、そのとき考えます。わたしは他にやりたいことがたくさんあって忙しいので」

一年生は光也のほうを見る。

「京座木さんは？」

「おれは、参加します。友達も、犬がかわいそう、ってとても怒《おこ》ってたので。おれの周りは何人かいっしょにやると思います」

尾関さんが、平野の方を向いた。

「じゃあ、平野さんは？」

「おれ？　おれはね、猫派」

そう言うと、平野はVサインをしてみせる。講堂の中に笑いが広がった。

「あとおれも、安請け合いキャラはパスだな」

結局おれ、やっぱりズレていたのかも、と光也はうなだれたくなり、なんとかこらえた。壇《だん》上《じょう》で敗北宣言をするわけにはいかない。

「これにて立会演説会は終了《しゅうりょう》します。それではこのまま投票に移りたいと思います。準備をするので少しお待ちください」

いよいよ運命の時が来た。

21

海乃島《うみのしま》学園中学校の投票は本格的だ。入江《いりえ》市から、投票箱やパーティションを借りて、本物の選挙のように進行する。

生徒は、ステージ右側の階段の下で投票用紙を受け取って、壇上《だんじょう》に行く。一つの長机が三つのパーティションで仕切られていて、四人が同時に書ける。その長机が三つある。終わると、その紙を投票箱に入れる。

さっそく一年一組の人たちが上がり始めた。終わった人から教室へ戻《もど》る。

待っている人たちは当然ヒマで、ざわざわしている。モリリは二列前に座っていて、となりの女子とおしゃべりしていた。光也《みつや》の周りも、雑談しているのだが、立候補者には気を遣《つか》っているみたいで話しかけてこない。

いよいよ誰《だれ》かが選ばれる。結果は、明日の朝、ホームルームの時間に校内放送で発表される。

光也はふっと現実に戻った。選ばれるのが自分だとは、とうてい思えなかった。小笠《おがさ》か平野のどちらかだ。やっぱり小笠じゃないだろうか。「ややつだけど魅力的《みりょくてき》」と、モリリが前に言ったのを思い出す。カッコ悪くない負け方をしたいなぁ、何票くらい取ればカッコ悪くないかなぁ……。そんなことを考えていた。

七百二十票だから、せめて百票超《こ》えていたら、見栄《みば》え悪くないだろうか。二桁《けた》だときついな、と光也は思う。写真動画部のメンバーが入れてくれたら、それだけで三十票近くになるけれど、おれに入れる義理、ないよな……。

一年生の投票が終わって、二年が続き、ついに三年になった。光也の前方にいる三年一組が立ち上がった。秋山葵《あおい》が振《ふ》り返って、光也の方を見る。ニコ、と笑ってくれた。心に絆創膏《ばんそうこう》を貼《は》ってもらった気がして、かすかに光也はうなずいた。

平野のいる三年二組、そして三組、四組の番が回ってきて、ヤナギが投票しているのが見えた。ありがとうな、とその背中に向かって、心の中で光也はお礼を言う。終わったら、当選してもしなくても、打ち上げをやらなきゃな。

いよいよ六組の番が来た。性格分析官《ぶんせきかん》が前を歩いている。そういえばさっきみんながざわしていたとき、彼女《かのじょ》の話し声を聞かなかった。光也と同じように緊張《きんちょう》しているのかもしれない。お疲《つか》れ、と心のなかで声をかけた。スルーされそうだから、あくまでも心の中だけで！

光也は階段の下で紙を受け取った。壇上《だんじょう》に行って、鉛筆《えんぴつ》を手に取り、投票用紙に書き込《こ》む。京座木《きょうざき》光也。紙を二つ折りにして投票箱に落とした。

「お疲《つか》れさまです」

パイプ椅子《いす》に座っている選挙管理委員に言われた。ごく事務的な挨拶《あいさつ》なのだが、光也の頭にはその言葉が響《ひび》いた。そうだよ、本当にお疲れさまだ。本当に本当に終わったんだ――。

放課後、モリリはクイズ研究会の臨時ミーティングがあって、ヤナギは家の用事があった。だからひとりで帰ったのだが、途中《とちゅう》で二回コケそうになったし、家の近くのコンビニで棒付きのアイスを買ったら、地面に落としてしまって二つに割れたし、縁起《えんぎ》の悪いことだらけだった。

伯父《おじ》さんには選挙の話をしたわりに、親にはまったく話してなかったので、何食わぬ顔をして過ごし、いまいち眠《ねむ》れない夜を乗り越《こ》え、次の日、学校へ向かった。

頭はぼんやりしているのに、胃がきりきり痛くなってくる。生徒会長でこんな状態なら、市議会議員なんて絶対に立候補しないほうがよさそうだ。

いつもより遅《おそ》い電車に乗って、チャイムぎりぎりに教室へ着くように計算した。うまくいった。教室に入って、モリリがこちらに向かって手を振《ふ》ってきたとき、チャイムが鳴った。先生が入ってくる。

「今日、誰《だれ》か欠席の者はいるかな」

いつも通りの会話。それをさえぎるように、校内放送が始まった。

「こちら、選挙管理委員会です。昨日の生徒会長選の結果を発表します」

光也の心臓が、体から脱出《だっしゅつ》するかも？　という勢いでバクバク動く。ちらっと前を見ると、性格分析官《ぶんせきかん》は左手でしきりに髪《かみ》をなでている。それが落ち着かないサインなのか落ち着いているサインなのか、光也にはわからない。

「第八十九代生徒会長に選ばれたのは、得票数三百四十五票」

そんなに入ったのかよ、一位は。

「三年六組」

なんだと？　小笠亜貴《あき》なのか？　もしくは……。

「京座木光也さんです」

「え？」

光也の背中が、肩《かた》が、誰かに叩《たた》かれている。拍手《はくしゅ》が鳴り始めた。モリリがこっちを向いてガッツポーズしている。

まさかそんな。

「おう、うちのクラスから生徒会長が出たか。いいことだな。京座木、ひとこと挨拶《あいさつ》しろ」

担任の先生に言われて、光也はその場で立ち上がった。

「ありがとうございます。よろしくお願いします」

「うわ、平凡《へいぼん》の極《きわ》み」

性格分析官《ぶんせきかん》の小声の突《つ》っ込《こ》みが聞こえた。

22

場所こそいつもの市立図書館地下カフェだが、いつもと同じではない。

せっかくの打ち上げだ。光也《みつや》は、発売されたばかりのポテトチップス「フリフリチキン味」をひと袋《ふくろ》、スーパーで買って持ってきていた。

この店はドリンクさえ買えば、持参したお弁当やおやつを食べてもいいのだ。

「これ、前に買って食べたら、マジでうまかったから!」

みんなに熱く勧《すす》めながら、ひとりにひと袋ずつ買ってくればよかった、おれってケチだったか、と密《ひそ》かに反省した。

でもそういう不満は出なくて、ヤナギは、

「うっまあーい。クセになる」

と、パリパリ口に運び、モリリは、

「フリフリチキンってハワイの名物だよね？　鶏《とり》の丸焼き」

と、クイズ研究会らしく知識を披露《ひろう》している。

光也はもごもごと言った。

「おかげさまで、いろいろと」

もっとちゃんと礼を言えよ、と、マナーに厳しい人なら怒《おこ》るかもしれない。でも、こいつらなら多分わかってくれる、と光也は思った。以前のおれだったら、「おかげさまで」という言葉すら、絶対に口にしなかっただろう、と。

「いやー、すごかったよねえ。光也の名前が放送で呼ばれた瞬間《しゅんかん》、わたし、しゃっくりが始まっちゃったもん」

モリリが言うと、ヤナギはテーブルをばんばん叩《たた》くふりをした。

「わっかるー。あり得ねえ。いまだにあり得ねえと思ってる」

「実はおれもあり得ねえと思ってる」

ぼそっと光也が言うと、モリリがちっちっと人差し指を左右に動かした。

「なぜ、光也が当選したか。謎《なぞ》を前にしたら、クイズ研究会は解かずにはいられません！　わたくし、さっそく調べてきました」

「調べた？」

「みんなの声を聞いたんだ。勝因は『犬』だったらしいよ」

「へっ？」

「昨日の立会演説会、一年生の子が質問したでしょ？　毒入りのエサを食べた犬の事件」

「ああ、うん。え、おれの返事がよかったってこと？　小笠亜貴《おがさあき》にはボコボコにされたのに」

正直、光也は後悔《こうかい》していたのだ。小笠は、これは生徒会の問題ではないと言い切り、平野に至っては「猫派です」で終わらせてしまった。

ぐちゃぐちゃと語ったおれは、ウザいやつでしかなかったのでは、と。

「あの質疑応答で人間性がわかった、って言ってた子が何人かいたよ」

「え、人間性」

おれは性格に、つまり人間性に問題があると言われたやつなのだが。

「近所の犬の毒エサ問題が、生徒会の仕事かどうかは別にして、そのことに関心を持ってる人と、『関係ない』って言いきっちゃう人との違《ちが》いだって」

モリリは大きめのチップスをぱくっと食べてから続けた。

「たとえば、何か相談したとき、光也だったら聞いてくれそう、興味持ってくれそう。でも、亜貴ちゃんや平野くんは、『自分は関係ないから』って言いそう、って判断されたみたいだよ」

「おおーっ」

ヤナギが大きな声を上げた。

「つまり性格がいい悪いは置いといて、なんでも首を突《つ》っ込《こ》もうとするやつの方がいいってことだな？」

「おまえ！　言い方！」

光也はたしなめた。たしなめたけれども……にやっと笑ってしまう。

性格改善はできなかった。少なくとも自分がいいやつに変わったとは思えない。でも、素《す》の自分の一部だけでもいいと言ってくれる人はいるってことだよな……それはとても心強い。

チップスもドリンクの器《うつわ》も空になった。

「これから光也は忙《いそが》しくなるね。頑張《がんば》ってねー」

モリリが光也に手を振《ふ》る。

「え、これからもさ、生徒会長の相談役で、このメンバーで会議やろうよ」

「ぐふふ、甘《あま》えてもムダですよ。選挙対策委員会は今日で解散」

あっさり却下《きゃっか》された。

「え、そうか、解散しちゃうのか」

光也以上に、心の準備ができていなかったヤナギ。動揺《どうよう》が声に出ている。週に一度、モリリに会える機会がなくなってしまうから当然とも言える。

「これから、光也の相談役は副会長や書記や会計。生徒会メンバーになるんでしょ？」

「それって、学年ごとに立候補を募《つの》ったり互選《ごせん》したりするんだろ？　おまえらが入ってくれる可能性は？」

「ゼロですぅ。わたしは塾《じゅく》とクイズ研究会で精いっぱい」

「おれも写真動画部の後輩《こうはい》の面倒《めんどう》見なきゃなんねーし」

選挙に勝っても負けても、この会合は終わりだったんだ。さびしい……なんて言ってちゃダメだよな。うつむいている光也に、モリリが聞いてきた。

「そんなことよりさぁ、秋山葵《あおい》ちゃんの件、どうすんの？」

「うん、明日……」

歯切れ悪く、光也は答えた。

23

裏門の左側にあるツツジの前で待とう、と光也《みつや》が思ったら、先に秋山葵《あおい》が来ていた。海の方を見ている。

「ごめん、待たせて」

モリリが相手だったら謝らないけれど、秋山葵だと気を遣《つか》う。いろいろ考えてしまう。いい人だからって甘《あま》え過ぎちゃいけないんじゃね？　とか。

「ううん、わたしも今来たとこ」

やさしい返事が戻《もど》ってきた。

「あっちの方、行こうか」

光也は、湾《わん》に沿って続く遊歩道を指した。前回会ったときは湾《わん》の奥《おく》に行ったので、今日は逆側に向かった。左手には海、右手には市民球場が見えてくる。

「選挙、おめでとう。当選するって思ってたよ」

いきなりそう言われて光也は驚《おどろ》いた。

「え、まじ？　おれ、絶対当選しないと思ってた」

「京座木《きょうざき》くんが一番真剣《しんけん》に、生徒会長の仕事と向き合ってる気がしたの」

「お、おう」

むずがゆい。そんな美談ではないのに。いや、そんなことよりも本題に入らなくては。

「あの……さ。前に、おれに、そのぉ、告白してくれたけどさ」

念のため、少し間を置いた。「ああ、それ撤回《てっかい》します」って言われるかと思って。でも、秋山葵はこくっとうなずいただけだった。

「正直、おれ、今まで一度もコクられたことなくて、どういうふうにリアクションしたらいいのか……。君のことをなんにも知らなくて、『すごくいい人』って噂《うわさ》だけは聞いてたけど」

「いい人……」

自覚がないのか？

「おれ、口の悪い仲間にそこそこ『やなやつ』って認定されてるわけよ。前に君は否定してくれたけどさ。君はいい人だから、普通《ふつう》にしゃべってるだけなのに、おれはそんな君を『優等生ぶっちゃって』とか思うかもしれない。イライラしちゃうかもしれない。そうすると、お互《たが》いイヤな思いをしてさ。近づきすぎないほうがよかった、って後悔《こうかい》する将来が見えてる気がして」

秋山葵は首をかしげた。そして、足を速めて前を歩いていく。

「いい人って言われてるの知ってる。面と向かって言われたこともあるし」

「生徒会長のライバルだった小笠《おがさ》亜貴《あき》も、君がいい人って言ってた」

「うん、亜貴ちゃんにはよく言われた。『葵ちゃんって、ほーんといい人だよね。世界で一番いい人』とか」

意外なことに、秋山葵は苦笑した。

「枠《わく》に押《お》し込《こ》められてる気がするんだよね。『いい人』っぽくふるまってくださいね、はみ出して、がっかりさせないでね、っていう重い期待」

「本当ははみ出したい？」

「だって、実際はいい人じゃないって、自分で知ってるし」

「え？」

「亜貴ちゃんが期待してるようないい人じゃないよ、ちっとも」

じゃあ、二択《たく》で言ったらいいやつかよ、やなやつかよ、二択ならいいやつだろ？　と問い詰《つ》めたいのをこらえる。

「たとえば？」

そう聞くと、秋山葵は再び首をかしげた。

「逆に、たとえば？」

「うーん……。誰《だれ》かに対して『ばかやろう』って思うことある？」

「あるよ」

「え！」

「図書室で、うるさくする人。あと、本を読むのがくだらない、なんていう人は本当にイライラしちゃう」

「イライラすると、どうなるの？」

「どうもしない」

「ん？」

「うまく連動しないの。そういう気持ちがあっても表に出せない。だから、いい人って言われると、わたしの内側はそうじゃないのになー、って」

「なるほど……」

「京座木くんを好きになったのは、感情がすごく豊かだなって思ったから。笑ってるときもあるし、ちょっとイラッとしてるときもあったり、電車のなかでさびしそうに遠くを見てるときもあって」

さびしそう？　記憶《きおく》がない。でも自覚なくしょんぼりしていることはあったのかもしれない。

それを、見守ってくれている人がいた。

「わたしと正反対だから、目でいつも追ってて……いつの間にか」

そうか。何か勘違《かんちが》いで自分のことを好きになってくれたなら、誤解を解かなきゃ、と思っていた。でも、その心配はないみたいだ、と光也は悟《さと》った。

だったら、おれの答えは……。

「あのさ、仲良くてしょっちゅう会ったり話したりする友達になって、それから……っていうのはどうかな」

「はい！」

彼女《かのじょ》のほっぺにえくぼができた。

24

「そういうわけでおれ、お友達から始めるから」

晩飯を食い過ぎて胃が重い。光也《みつや》はベッドに横たわりながら話した。

「いいなぁ〜、ぐやじい。先を越《こ》された。光也ごときにぃぃ」

スマホの画面には、猫がつめを研《と》ぐときのように、腕《うで》をがしがしと動かすモリリが映っている。

ヤナギとモリリと光也の三人がメンバーのＳＮＳグループがある。さっきまでそこで、ふたりでメッセージをやりとりしていた。

でも、ヤナギは家で用事があるのか好きなテレビ番組でも見ているのか、メッセージに気づかない。だったら、ふたりでビデオ通話したほうが早い、となったのだった。

モリリの嘆《なげ》きは続いている。

「わたしもカレ氏ほしいよぅ」

「ヤナギはダメなん？」

何気なく言ってから、光也は体を起こしてベッドに正座した。今、かなり重要なことを聞いてしまった。あいつとちゃんと話したことはないけれど、気持ちは察している。言動から感情がダダ洩《も》れしてるから。

「ヤナギは……」

と、モリリは言いよどむ。

「ヤナギは？」

「わたしに興味ないみたいだもん」

えっ、思いがけない返事だった。

「それって、興味があるなら付き合ってもいいってことかよ」

「でも、興味ないみたいだもん」

「あっそう」

ちょっと待て。これはどうしたらいいのだ？　秋山葵《あおい》にコクられたとき激しく動揺《どうよう》したくらいだ。もちろん光也は、友達の恋愛《れんあい》を取り持つ、なんてやったことはない。変に動くとまずい。えーと、何から始めればいいんだろう。

まだ「ぐやじい」と言い続けているモリリに「宿題やるから」と言って、光也は通話を切った。

立ち上がって、勉強机に座る。

手帳を開いた。カレンダーも見た。

モリリの出場する「クイズ甲子園《こうしえん》U—15」の予選はまだ先のはずだ。写真動画部は、夏休みの合宿のテーマを決める会議があるが、それは平日だ。

『至急連絡《れんらく》せよ』

ヤナギにメッセージを送ると、小一時間後に電話がかかってきた。

「なんだよ、いったい。まだ最終回の余韻《よいん》に浸《ひた》ってるのにさぁ」

光也の知らない連ドラの名前を挙げて感想を言おうとするので、さえぎった。

「ダブルデートしよう」

「へ?」

「来週の日曜、みんなの都合が合わなかったら再来週の日曜」

「ダブルデートって誰《だれ》と誰と誰と誰だよ」

「まず、おれと葵」

「葵?」

「ああ、秋山葵」

あわてすぎていた。お友達から、のくだりを説明すると、ヤナギは叫《さけ》びだした。

「いいなぁぁ、なんだそれぇぇ、ずるいー」

似た者同士なんだな。さっきのモリリの騒《さわ》ぎ方を思い出す。

「だから、ダブルデート」

「え、あ？　そうだ。ダブルデートってなんだよ？」

「おまえと、モリリ」

「は？　何言ってんの」

「イヤなのかよ」

「おれはいいよ！　でも相手がイヤだろうが」

「そうとも限らない」

「え？」

「はっきり聞いたわけじゃないけど、どうもおまえ、『アリ』らしい」

「ええーっ」

「だから、その日、遊園地行こう」

遊園地とは、もちろん「ＯＧＡ　ＩＳＬＡＮＤ」のことだ。

「おれとおまえは、写真動画部でもらった無料パスで入る。ちゃんと写真撮《と》ればズルじゃないからな」

「お、おう」

「で、それとは別に、おれたちはチケットを一枚ずつ買う」

「そ、それで？」

「おれは葵を誘《さそ》う。おまえはモリリを」

「ええ……」

「買ったなんて言っちゃダメだぞ。『わたしが払《はら》う』ってきっと気を遣《つか》うから。『無料チケットをたまたまもらった』とか言うんだ」

「な、なるほど」

「やるだろ？　お高いけど」

しばらく沈黙《ちんもく》が流れた。

「あったりまえだろーーーっ。この日のために貯《た》めておいたお年玉さ！」

叫《さけ》び声が聞こえたので、光也はスマホを耳から遠ざけた。さらに声は続く。

「おまえっていいやつだな」

遠ざけたせいで、聞き違《ちが》えたのかと思った。

「なんだって」

「つくづく、いい友を持った」

「は？　やなやつ偏差値《へんさち》58って言ってなかったか？」

「60だ」

「おい」

「それはおれの勘違《かんちが》いだった。おまえはいいやつ偏差値52」

「低いな！　感謝してるわりに」

「おれのサイコーの友達だ」

電話が切れた。

25

生徒会室の窓から紫陽花《あじさい》が見えるなんて知らなかった。というより、生徒会長になるまで、光也《みつや》はこの部屋に入ったことがなかった。植え込《こ》みに並んだ紫陽花は、ぱきっと鮮《あざ》やかなブルーだ。青になるのは地面が酸性だからだっけ、アルカリ性だからだっけ。

気を散らしていてはいけない。今は生徒会の会議中だ。

食べ物の自動販売機《はんばいき》について、学校側が保護者にヒアリングしてくれることになった。生徒会からも質問項目《こうもく》を用意していいことになって、副会長が取りまとめてくれている。

「以上の七項目です」

「どうも、ありがとう。じゃあそれを先生に渡《わた》しましょう」

光也がお礼を言うと、副会長はぺこりと頭を下げた。

「そしたら、また来週この時間に。みんな放課後疲《つか》れているときにありがとう。じゃ、解散」

「お疲《つか》れっすー」

メンバーがノートや筆記用具を片づけ始める。新しい仲間たち。副会長、会計、書記、合わせて八人いる。

選挙の結果が出た後、光也は元春伯父《もとはるおじ》さんに電話で報告して、さらに神宮寺《じんぐうじ》さんにも伝えてもらった。

忙《いそが》しい神宮寺さんからは返事はないそうだが、伯父さんには、トップとしてこういう会を仕切っていくコツを教えてもらった。

・大きい声で、ゆっくり話すこと
・くだらない意見、ずれた意見でも、スルーしないこと。必ず拾うこと
・いつも「何かお礼を言うことはないか」と探すこと

特に二番目が大事なんだ、と伯父さんは言った。いいアイデアは、くだらないものとかズレたものから閃《ひらめ》くことが多いらしい。「もっといいのがあるはず」と脳が働くから。だから、それを「しょーもないこと言うな」なんて斬《き》って捨てちゃうと、その場の空気が悪くなる上に、いいアイデアにたどり着けないそうだ。

光也は荷物を片づけて立ち上がった。紫陽花《あじさい》に西日が当たっている。

廊下《ろうか》に出ると、ヤナギが職員室の前に立っていた。自分のリュックの他にバッグを持っている。モリリのものだ、と気づいた。

「何やってんの、ヤナギ」

「お、生徒会長。今、モリリが日直日誌を出しに行ってるのを待ってる」

「あっそ」

遊園地でダブルデートしたときのことを、光也は思い出していた。途中《とちゅう》で雨が降ってきて、天候はさんざんだったけど、屋内のアトラクションが空いていて、次々《つぎつぎ》乗れて楽しかった。途中で、光也と葵《あおい》は「わざとはぐれる作戦」を決行して、モリリとヤナギをふたりきりにした。その結果、ふたりは付き合うことになったのだ。

おれさま、キューピッド。思い出して光也はにやにやしてしまう。

「あ、そうだ、明日の部活、また屋外撮影《さつえい》にするから、一年生を何人か引率してやって」

と、ヤナギが言った。

写真動画部部長のヤナギは、面倒見《めんどうみ》がいいから後輩《こうはい》にけっこう好かれてるみたいだ。

モリリが出てきた。

「あ、光也だぁ。いっしょに帰る?」

光也は首を横に振《ふ》った。

「これから図書室行く」

「あ、そういうことね。ぐふふ。じゃあ、またね〜」

歩きかけてモリリは立ち止まった。

「あ、そうだ。生徒会うまくやれてる？　ややつだって、まだバレてない？」

おれはにっと笑った。

「まだバレてない」

「よしゃあ！　あと五ヶ月頑張《がんば》ってぇー」

と、ヤナギが煽《あお》る。

ふたりに手を振《ふ》って、光也は図書室に向かった。

最近、よく本を借りるようになった。上に立つ人って、どういうマインドを持っているのか知りたくて。アメリカ大統領の夫人が書いた本とか、プロ野球の監督《かんとく》が書いた本とか。

本を持って、貸し出しカウンターに行くと、葵が受け取って、貸し出しカードにハンコを押《お》してくれる。

それから光也は、窓際《まどぎわ》の席に行って、宿題をやる。

下校十分前のチャイムが鳴ると、図書室は〝営業終了《しゅうりょう》〟になる。葵が窓のカーテンを次々《つぎつぎ》閉めていく。光也や周りの生徒はみんな、荷物をまとめて立ち上がる。

廊下《ろうか》に出て、光也は借りた本を取り出して立ったまま読んでいた。すると五分ほどして、

「お待たせ」

葵が現れた。バッグをごそごそ探《さぐ》っている。

「これ、わたしが好きな飴《あめ》なの。一つ食べてみる？」

抹茶《まっちゃ》飴だ！

「おれも抹茶好き」

「わあ、そうなの⁉」

「今度の週末空いてたら、コンビニスイーツを食う会、やらない？　新発売の抹茶《まっちゃ》ムースがすごいうまいってネットで評判なんだ」

「きゃあ、食べてみたいな」

葵だったら、性格が全部バレてしまってもいいのかな。これから、少しずつ、少しずつ。いつか、葵のやなとこも、見つけられたらいいな。

そんなことを思いながら、光也は下足室に向かった。

改造、その後

1

朝のニュースをテレビで見ていたら、知っている顔が急に出てきて、光也《みつや》は食べかけのパンを落としそうになった。

「うわ、神宮寺《じんぐうじ》さんが今度は外務大臣になったのか」

内閣改造のリストが画面に出ていて、「神宮寺和博《かずひろ》」が入っていたのだった。

お母さんは今日は代休で仕事に行かないそうで、のんびりとフルーツを食べている。

「ああ、伯父《おじ》さんに会わせてもらった衆議院議員さんね」

「前は文部科学大臣で、途中《とちゅう》でやめたんだって」

「そういえばそうだったかしらね」

「健康を害したんだってさ。もうよくなったらしい」

光也はスマホをオンにして、フォトアルバムを開いた。スクロールしていくと見つかった。

伯父さんに何度も催促《さいそく》して、ようやく送ってもらった写真。神宮寺さんと光也が握手《あくしゅ》しながらカメラの方を向いている図だ。芸能人やスポーツ選手に会ったことはないので、自分としては唯一《ゆいいつ》の〝有名人〟との写真だった。

いまさらだが、だれかに送ってみたくなって、モリリとヤナギのグループSNSに送信した。

『だれこのオッサン』

と、ヤナギからすぐ返信が来た。正解を教えてやろうと光也がメッセージを書いている最中に、モリリが書き送ってきた。

『新しい外務大臣！　神宮寺和博氏』

『さすがクイズ研究会』

『うん、大臣は全部覚えておかないとね。内閣改造したばかりだし、きっと出る』

『へえ』

『で、なんで光也がこの写真を送ってきたの？』

『ほら、選挙のときにアドバイスくれた衆議院議員の人がいるって言っただろ？　その人だよ。とにかく生徒のことを考えろって。選挙に勝ちたいとかじゃなくて、みんなのために何ができるのかを考えろって』

『さすがいいこと言うねえ。この写真、わたしの友達グループにも見せていい？』

どうぞどうぞ！　と思いながら、光也はさりげなさを装った。

『別にいいよ』

『オッケー。じゃあ学校で。じゃなかった、今日は週に一度のやつだったね』

『のちほど！』

お母さんが壁《かべ》の時計を指す。

「時間大丈夫《だいじょうぶ》？」

「うわ、やべ」

光也は加速して、パンの残りとバナナを食べきって立ち上がった。

ぎりぎりの登校でいいなら、あと四十分ほど時間はある。でも、毎週火曜日は、モリリとヤナギと中央本町駅で待ち合わせして、同じ電車で登校することになっているのだ。〝選挙対策委員会〟の活動が終わって、三人で集まることがなくなったため、光也が提案したのだった。

下校時はそれぞれ部活やデートで忙《いそが》しいかもしれないから、〝朝活〟しようぜ、と。何か部活をやるわけではなくて、ただ住宅地を「見回り」と称《しょう》してゆっくり歩くだけなのだが。

ちなみに葵《あおい》は、火曜日の朝は本棚《ほんだな》の点検をするため早く登校するから別行動だ。

七月に入って、朝から太陽がまぶしい。光也が中央本町駅に着くと、ヤナギが既《すで》にいた。

「待ち合わせ場所、通路じゃなくてコンビニにしようぜ。あつーい」

待っていたヤナギから苦情が入るほど、気温が高い。間もなくモリリが来て、三人でホームに向かった。

「これは誰《だれ》の言葉でしょう。『真に偉大《いだい》な人間になるためには、人々《ひとびと》の上に立つのではなく、彼《かれ》らと共に立たなければならない』」

モリリからクイズが飛んでくる。

「ん？　わかんね」

光也が考えるそぶりも見せずに即《そく》ギブアップすると、モリリは口をとがらせた。

「さっき外務大臣さんの話を聞いたから、その人みたいな格言だなーと思って」

あわてて光也はもう一度聞き返した。どっちにしろ誰の言葉かなんてわからなかったけれども。

「モンテスキューだよ」

「誰だ、それは」

気のない返事をするヤナギ。

「フランスの哲学者《てつがくしゃ》」

「申し訳ないです。知りません」

光也はそう言いつつ、そんな高名な人が遺《のこ》した名言を、実際、行動に移しているのが神宮寺さんなのだな、と思う。自分も少しでもあやかりたいところだが、就任してからどの程度、みんなのためにやれたのかはよくわからない。いずれにしろ明日が終業式で、あさってからは夏休みだ。

電車が来た。乗り込《こ》むと、ドアの脇《わき》に小笠亜貴《おがさあき》がいた。合唱部の朝練だろうか。ドアのそばにいると邪魔《じゃま》なんだよな、と光也は思いつつ、ウス、と目で挨拶《あいさつ》して奥《おく》へ行く。混んでいて、三人が離《はな》れ離《ばな》れになったので会話はなくなった。

入江《いりえ》駅で降りて、亜貴をはじめ、生徒の大半は大通りを歩いていく。ごく少数が裏通りに入る。光也たちもそちら側を選んだ。住宅街を通って、入江市の公民館を右手に見ながら進むと川に出る。下流に向かって歩いていくと学校の裏門に着くのだ。

犬の毒エサ事件以降、このルートを行き来するようになった。あの事件から二ヶ月以上たって新たな問題は起きていない。もう犯人が現れる心配はないのかもしれないが、住宅街を歩く中学生がいるおかげという可能性もある。だから、秋以降も続けるつもりだった。

「やっと夏休みが来るねえ。どっか行く？　あたしはすぐにクイズ甲子園《こうしえん》U—15の予選だよー」

モリリが言ってくる。光也が口を開こうとしたときだった。

「あー、こら、家に入っちゃダメだから。あんた、ほんとにどっから来たの？」

という男の人の声が聞こえる。光也は立ち止まった。川に面して、ずらっと二階建ての家が並んでいるのだが、ちょうど目の前、「木南《きなみ》」という表札の出ている家の人のようだ。さらにニャーン！　という猫の鳴き声も。

立ち止まって門をのぞくと、おじさんが白いお皿に入った水を猫に与《あた》えているところだった。

「野良猫《のら》なのかな」

「そうかも」

ヤナギとモリリがささやき合っていると、おじさんと目が合った。

「君ら、この猫、どっかで見たことないかな？」

「うーん、ないです」

白い短毛で、背中に二ヶ所、灰色の丸い模様が入っている。とてもほっそりしていてしっぽが長い。

水を飲み終わった猫は、光也たちには目もくれず、ひたすらおじさんのふくらはぎのあたりを回って、体をこすりつけている。

「性格よさそうな猫ですね」

そう言いながら、光也は心のなかで自分に突《つ》っ込《こ》む。ややつ、いい人のことを考えすぎて、猫にまで当てはめようとしてるぞ！

「いつの間にか物置に住み着いてたみたいなんだよ。扉《とびら》が完全に閉め切らないから、うまく入り込《こ》んだみたいでさ。気づいたのがついさっきで」

門の脇《わき》に、二メートルくらいの高さの物置小屋があった。木製で、ドアが全開になっていて、収納されているほうきや水道のホースなどが見えた。

「参った参った。中にションベンされちゃってさ。洗って干さなきゃいけないけど、その前にこの猫をどうするかだよな」

「ど、どうするんですか？」

モリリがおそるおそる聞く。

「とりあえずさ、腹減ってるみたいだから、今、かみさんがスーパーにキャットフードを買いに行ってる」

「じゃあ、そのまま飼うとか」

光也が言うと、おじさんは手を左右に振《ふ》った。

「いやいやいや。孫が猫アレルギーだって聞いてるからねえ。孫がまったく寄り付かなくなるとさびしいだろう。逆にどうすればいいの、こういうとき」

光也たちは顔を見合わせた。三人とも猫を飼っていないので、即答《そくとう》できない。

「警察……とか？」

ヤナギが言うと、おじさんは、

「警察とかボランティア団体とかさー、そういうとこ渡《わた》しちゃうと、その後どうなったかわかんないだろ？　ちょっと情が湧《わ》いちゃってるからさ、引き取り手に直接渡したいんだよな」

そう言ってから、光也たちの顔を順に見る。

「君らは猫、飼う気ない？」

「うー、残念です。うちは犬がいるから」

とモリリ。光也は、

「母が動物は苦手って言ってて」

と答え、ヤナギも首を横に振《ふ》った。

「ごめんなさい、マンションなんで」

「だれか猫飼いたがってる人知らないかな」

「うーん、すぐには、ちょっと」

「聞いてみてくれないか？　こっちでも探すけどさ。なるべく急ぎで。っていうのもさ」

おじさんは声をひそめた。

「ご近所にうるさ型がいてさ。うちで野良《のら》猫の餌付《えづ》けしてるなんて知ったら大騒《おおさわ》ぎしそうだから」

「このあたりの人ですか？」

「次の角曲がって二軒《けん》目の。えんじ色の屋根の。もうこのへんじゃ、みんなが敬遠してるババア、おっと、おばさんでさ」
「ふうん。ところで猫の写真、撮《と》っていいですか？　どんな猫かわかんないと、みんなに聞けないから」

「あ、そうだよな。撮って撮って」

そう言われて、三人はスマホを起動した。光也は猫相手にポートレート機能を起動して、背景をぼかして、写真を撮った。

だれかほしがる人が見つかったらおじさんに連絡《れんらく》すると約束したところで、腕《うで》時計を見たモリリが、

「あと六分で始業のベルだよ。急がないと」

と、叫《さけ》んだ。おじさんに挨拶《あいさつ》して、光也たちは小走りになった。

走りつつ、光也は次の角でちらっと右側を見た。えんじ色の屋根があった。だれもが敬遠するおばさんってどんな人なんだろうな、と思った。

2

「はい、ここで生徒会長の挨拶。トピックはいくつあるんだっけ」

放課後、講堂で終業式のリハーサルをやった。舞台《ぶたい》下にいた光也《みつや》は階段を駆《か》け上がった。そしてマイクに向かう。

「はい、二つです。おれからは夏休み中の注意を言います。もう一つが図書室の夏休みのオープン日についてで、そっちは図書委員長に直接話してもらいます」

司会を務める源《みなもと》先生がメモを取りながらうなずく。

「オッケー。図書委員長、来てる？　じゃあ、そこで、京座木《きょうざき》くんと交代で上がってきてください」

ステージに現れたのは秋山葵《あおい》だ。

すれ違《ちが》うとき、ふたりの目が一瞬《いっしゅん》合った。光也はにやっとしてしまいそうになるのをこらえた。

「この後、表彰式《ひょうしょうしき》やります。バスケ部とテニス部ね。バスケは市大会優勝、テニス部は平野くんがシングルスで準優勝」

光也は、平野の涼《すず》しげな目元、そして両手を挙げて歓声《かんせい》に応《こた》える様子を思い出していた。本番では盛大に拍手《はくしゅ》してあげよう。生徒会長選で戦った戦友という意識があるから。向こうはもうなんとも思っていないかもしれないが。

「以上でリハ終わります。明日よろしくね」

「お疲《つか》れさまでした〜」

光也は先に講堂を出て、廊下《ろうか》の角を曲がったところで葵を待った。

「ドキドキしちゃった。人前で話すの苦手」

葵がほっぺたを両手でさすりながら現れる。

「声、聞き取りやすいし、全然問題なし」

「ありがと」

「今日は図書室の当番？」

「そう。今、抜《ぬ》けてきてるの」

「そっか。今日はおれ、先帰るね。ヤナギから呼び出しあって」

「うん、じゃあ明日ね」

光也は教室に戻《もど》ってバッグを取って、裏門から出て、海の方へ向かった。

少し湾《わん》の奥《おく》の方へ歩くと、ベンチがいくつか並んでいる。そこに荷物を置いて、ヤナギが風景写真を撮《と》っていた。

「よう。なんだよ」

光也が呼びかけると、ヤナギは撮影《さつえい》をやめて、振《ふ》り向いた。

「おーっ、ビッグニュースだぜ。なんとあの猫のもらい手が見つかったぜ」

「マジで?」

「放課後、おまえがいなくなってから教室で写真見せて回ってたんだよ。そしたらさ」

ヤナギがにっと笑って、口をつぐんだ。

「そしたら、だれだよ。言えよ」

光也はヤナギをつかんで揺《ゆ》さぶるマネをした。このあたりが変わったなと自分でも思う。以前の光也だったら、「別に、そんなに知りたくねーよ。もったいぶるほどのことかよ」と、わざと冷めた態度を取っていたはずだ。

「なんとなんと、性格分析官《ぶんせきかん》だよ」

「え? マジ? 小笠亜貴《おがさあき》?」

「そう。あいつ、意外といいやつなんだな。前に飼ってた猫が二年前に死んで、ケージとか猫用トイレとか、いろいろ残ってるんだってさ。必要なものが。だから飼おうと思えばすぐ飼えるって」

「じゃあ、今日あのおじさんとこに行ったわけ？」

「いや、そうはいっても、小笠も家に相談しないといけねーじゃん？　だから問題なかったら明日、終業式の後で行こうってことになった。いっしょに行こうぜ」

「お、おう」

光也は選挙以来、小笠亜貴とあまりしゃべったことがなかった。同じ教室でも、席が離《はな》れているし、亜貴が自分を避《さ》けているのかもしれない。

「毒エサ問題に興味ないって言ってたから、動物嫌《ぎら》いなんだと思ってたよ」

「犬派じゃなくて猫派だったんだな。平野と同じか」

「猫の写真見せたのか？」

「もちろんだよ。しっぽが長くてピンと伸《の》びててかわいいってさ」

「へえ」

光也はまだ半信半疑だった。明日になったら、『やっぱ飼えない』っていうんじゃね？

3

その予想は外れた。

なんと翌朝、小笠亜貴《おがさあき》の机の上には、猫用のキャリーバッグが置いてあった。

「えー、何これ。どうしたの」

女子たちに囲まれている。

「猫、連れて帰るんだ」

ヤナギがけさ確認したところ、木南《きなみ》さんは自力でもらい手をまだ見つけていなかった。「君らの学校の生徒がもらってくれるなんて、ありがたいなぁ」と喜ばれた。

光也《みつや》はそちらに気を取られていたせいか、終業式の挨拶《あいさつ》では、緊張《きんちょう》せずに済んだ。秋山葵《あおい》のほうは声が少しふるえていたけれど、七月と八月の開室日や本の貸し出し、返却《へんきゃく》方法をちゃんと話した。

そして表彰式《ひょうしょうしき》では、バスケ部はまじめに一礼して表彰状を受け取ったのだが、平野はみんなからの声援《せいえん》を浴びながら投げキッスを繰《く》り返していた。源《みなもと》先生が、

「はいはい、平野くん。もういいでしょ」

と、たしなめるほどに。よくこいつに勝てたな、自分、と光也は改めて思った。

放課後、光也とヤナギとモリリと亜貴の四人で学校を出た。葵は図書室の当番だ。曇天《どんてん》だけれど湿度《しつど》が高い。ヤナギとモリリが亜貴を挟《はさ》む形で、川沿いを歩いている。

「この道、初めて歩いた」

と言う亜貴にモリリが説明する。

「フェンスの外側の草むら、コスモスなんだよ。秋になるときれいなの」

「早く秋になってほしい。暑いよねー」

光也はその後ろからついていった。

木南さんの家が見えてきた。インターフォンを押《お》すと、おじさんが出てきた。

「あ、君たち。ありがとね。ちょっと入って、入って」

物置のそばに行くつもりが、玄関《げんかん》に招き入れられた。

「ほら、いざ渡《わた》そうってときに、猫がいないと大変だから。部屋に閉じ込《こ》めといた」

と、木南さんは玄関の横を指差す。引き戸は閉まっていて、鳴き声は聞こえてこない。

「あ、でもさ、その前にちょっとこっち来てよ」

光也たちは顔を見合わせながら、リビングに向かった。

「いらっしゃい」

おばさんが現れたので挨拶《あいさつ》しつつ、光也の目はテーブルの上に、釘付《くぎづ》けになった。ショートケーキとモンブランと抹茶《まっちゃ》ゼリーとプリン。どこのケーキ屋さんだろう。どれも大きくておいしそうだ。

「うちの面倒《めんどう》に巻き込《こ》んでしまって、せめてものお礼ね。アイスティーでいいかしら。座って座って」

促《うなが》されるままに着席した。

「ケーキ、好きなのを選んでね」

おばさんにそう言われて、

「おれ、抹茶」

と光也が主張すると、

「ジャンケンだろ」

とヤナギが構えて、モリリが、

「ていうか、最初は亜貴ちゃんでしょ。今日の主役なんだから」

と諭《さと》す。だが亜貴は言った。

「先食べてて。わたしはなんでもいいや。猫、見てもいいですか」

立ち上がって、さっさと玄関《げんかん》の方へ戻《もど》っていく。おじさんがあわてて追いかけていった。

ジャンケンに勝って、無事に抹茶《まっちゃ》ゼリーをもらったところで、光也は思う。小笠亜貴、そういうとこだぞ。おばさんが気を遣《つか》ってくれているのに素っ気ない態度取って。そう思う一方で、食べ物につられず、猫に会いたいと言った亜貴に尊敬の念も湧《わ》いた。やっぱあいつはいい人？

と考えたところで、光也は思い出した。

「そうだ、こないだおじさんが言ってたんですけど、近所のうるさい人って。どうヤバいんですか？」

「ああ、小比企《こびき》さんのことね」

考えただけで胃が痛くなる、というように、おばさんはややふっくらとしたお腹《なか》を、エプロンの上からさすり始めた。

「ここだけの話、いろいろ大変なのよ。たとえばゴミの集積場所ね。その方の家の前って決まってたの。建てる前から決まってて、だから土地も少し安くなってて、それを承知で買ったのに、ゴミ捨ての音がうるさいとか汚《よご》れるとか言ってね、場所をついに変えさせたの」

「ゴネ得だな」

ヤナギがつぶやく。

「散歩中の犬が、家の前でおしっこしたことがあるそうなの。それは飼い主がペットボトルの水で流せばいい、っていうのが普通《ふつう》のマナーなんだけど、あの人は怒《おこ》って警察に通報しちゃったりね」

「ひえ、クレーマー」

モリリが口元を手で押《お》さえながら言う。

なるほど。大人の世界でやなやつというのは、ルールを守らないやつ、それから常識が通じないやつか。そんなことを考えながら、光也は抹茶ゼリーの最後のひと口を味わった。

「ねえ、亜貴ちゃん戻ってこないね。行こうか」

モリリが立ち上がったので、光也もヤナギもついていった。

玄関横の引き戸は五センチほど開いていた。そこからのぞくと、亜貴が猫を膝《ひざ》の上に乗せてなでていた。

「おーっ。もうなついてる」

ヤナギが言うと、亜貴は顔を上げた。

「わたしのことが好きだって」

「名前決めた？」

と光也は聞いてみた。

「家族で決めるもんでしょ、そういうことは」

亜貴はキャリーの蓋《ふた》を開けて、猫を入れた。これから起こることがよくわかっているみたいで、猫は鳴くこともなく、座ってくつろぎ始めた。

「亜貴ちゃんちの猫になる気、満々《まんまん》だね」

モリリが笑う。

「根っからの野良《のら》猫じゃなくて、捨てられたんだね。元飼い猫だから人懐《なつ》こいんだよ」

「ありがとな、お嬢《じょう》さん。おい、おまえ、幸せになるんだぞ」

おじさんに言われて、猫は小さくミャウ、と鳴いた。

4

雲が一つもなくて、街は、青いフライパンの底で温められているように暑い。

夏休みに入って五日たった。

光也《みつや》は写真動画部の活動で、登校していた。先生から、夏休みにぜひみんなでやってほしい課題がある、と前々《まえまえ》から言われていたのだ。その説明会の日だった。

光也が部室に入ると、エアコンが効いていなかった。おまけに、窓を開けている女子がいる。

望遠でテニス部の部活を撮《と》っているようで「閉めろ」とは言いづらい。

「平野先輩《せんぱい》、やっぱりカッコいいね」

「あんた、隠《かく》し撮りしてんの？」

「チガウよぉ、テニスコートの全景を撮ったのっ」

と盛り上がっている。

顧問《こもん》の都甲《とこう》先生が現れたとき、光也は、あれ？　と思った。部長のヤナギが来ていないのだ。先生は、

「休日だから出欠取らないよー」

と言ったので、いなくても問題はないのだが。

都甲先生はTシャツ姿だった。普段《ふだん》、先生たちは襟付《えりつ》きの服、たとえばワイシャツやポロシャツなどを着なくてはいけないのだが、夏休みなので服装は自由らしい。

自分たちも私服でいいならハーフパンツにするのにな、と光也は思った。この紺色《こんいろ》の長いズボンに靴下《くつした》、というのは暑すぎるのだ。

「実は学校側から依頼《いらい》が来ました。ホームページをリニューアルするそうで、学校の風景写真、ちょっとカッコいいやつね、そういうのがたくさん素材としてほしいそうなんです。プロを雇《やと》う話もあったらしいけど、せっかくだから写真動画部にやってもらおう、と。これ、チャンスだからね～。うちの部の写真が、みんなの見る場所に飾《かざ》られる。学校のホームページは、閲覧《えつらん》数《すう》、相当多いから。受験希望者なんかも含《ふく》めてね。頑張《がんば》ってくれよ」

説明会が終わった。参加した部員たちは校内を撮影《さつえい》して、適当に撤収《てっしゅう》していいらしい。

そのときだった。ヤナギが現れた。

「遅《おく》れてごめん～」

と謝ってから、まっすぐ光也の方に向かってくる。

「どうした？　部長が遅刻《ちこく》するなよ」

そう言った光也の腕《うで》を、ヤナギはがっしりとつかんだ。

「ヤベー、すごいヤベーことになった」

「ん？　ハードル上がるぞ。最初から『ヤベー』なんて言うと」

光也がそう言っても、ヤナギはたじろがない。

「本当に、ヤベーんだ。どうしたらいいかわかんね」

そう言って、大きなバッグを持ったまま頭を抱《かか》えている。

「おい、どうしたんだよ」

「猫だよ」

「へ？」

「木南《きなみ》さんから連絡《れんらく》あって、今、話してきたんだ」

「ああ、木南さん。なんて？」

「あの猫、野良《のら》猫じゃなかったって」

「は？」

「近所の飼い猫が脱走《だっそう》したんだってさ。それを知らずに、おじさんは小笠亜貴《おがさあき》に譲《ゆず》ってしまった」

「なんで今頃《いまごろ》、近所の飼い猫ってわかったんだよ。つか、近所の猫かどうかくらい、譲《ゆず》る前に確認できなかったのかよ」

「それがさー、それがさー、まったく交流のない家の猫だったわけさ」

「そんな遠い家」

「じゃなくって、すげー近くの、ほらほら」

「ま、まさか、例のヤバい嫌《きら》われ者？」

「正解！」

「クイズやってる場合じゃないだろ。ちょ、どうすんだよ」

光也が詰《つ》め寄ると、ヤナギは近くの椅子《いす》に座りこんだ。

「木南さんに『仲間に相談してきて、帰りにまた寄ります』って言った」

「校内の写真なんて撮《と》ってる場合じゃないな。また図書室の開室日にでも来ればいいだろ」

「だよな。まずいよな」

こそっと抜《ぬ》け出すことにした。二人で下足室に行った。靴《くつ》を履《は》き替《か》えながら、おれは聞いた。

「小笠と連絡《れんらく》とってる？」

ヤナギは首を横に振《ふ》りながら、

「いや、でも、モリリには猫の写真、毎日送ってきてるらしい。それが転送されてきた。もう首輪も買ったらしくてさ」

「うー、まずくね？　どうすんの」

「いや、でも返さないとだよなあ」

ヤナギの頬《ほお》を汗《あせ》が伝っていく。それを見て光也は、自分も汗だくになっていることに気づいて、ポケットのハンカチを取り出した。

木南邸《てい》に着いてインターフォンを鳴らすと、すぐにおじさんがドアを開けてくれた。しかし、その顔は先日とはまったく違《ちが》う。水不足でしおれかけている植物のようだ。

「どういうことなんですか？　ヤナギにちょっとは聞いたんですけど」

この間のリビングに通してもらうと、おばさんはソファに座ってうなだれていた。改めて光也が問うと、おじさんが説明してくれた。

実は、この地区の自治会長が、警察官と話したのがきっかけらしい。パトカーで住宅地を走っていたので、「何かあったんですか」と聞いたところ、「小比企《こびき》さんから『飼い始めた猫《ねこ》がいなくなった』と通報があったのだそうだ。

「『だれかに盗《ぬす》まれたんだ』と主張しているので、『ではパトロールして何かわかったらお知らせします』と警察官は伝えて、実際にこのあたりを回っていたんだって」

おじさんは、おばさんのとなりに腰《こし》かけた。座るとき、おじさんのひじがおばさんの肩《かた》にガッツと当たったけど、ふたりとも気がつかないかのように、考え込《こ》んでいる。

光也とヤナギも、向かい側のスツールに腰《こし》かけた。

「で、自治会長さんからそれを聞いたとき、おじさん、どう答えたんですか」

「いや、実は最初は、気づかなくって。あのおばさんが猫を飼い始めた？　ちゃんと飼えるんだろうか、猫にちゃんとメシやれるのか、なんて会長と話してて」

「会長も、小比企さんのこと――」

「このあたりはみんな敬遠してんのさ。大変な人だから。そんで、家に帰ってきて、あの人、猫飼ってんだってさ、って話をしたら、妻が『それ、もしかして』って」

「そこまで気づかなかったんですか！」

思わず光也はツッコミを入れてしまった。おじさんは、左右に首を振《ふ》る。

「いやいやいや、実はまだはっきりと判明したわけじゃないんだ。猫の写真を見てないから。別物ならぬ別猫って可能性もまだある」

「一縷《いちる》の望みね」

と、おばさんが付け加える。

「写真を警察に見せてもらうか、こっちで保護した猫の写真をあの人に見せるか、それではっきりするはずなんだけど」

おじさんが両手をぎゅっと組む。

「もしあの人んちの猫だったら、お嬢《じょう》さん、返してくれるかねえ」

「ん～」

光也はうつむいた。

「もう名前もつけてるんだって。ララって名前」

「和風の猫っぽいのに、洋風な名前だな」

ヤナギが突《つ》っ込《こ》んだけど、だれも会話を広げない。

「そもそも、その人の猫だとして、なんでおじさんちの物置に住んでたんですかね？」

そう光也は聞いてみた。おじさんは首をひねりながら答える。

「脱走《だっそう》して、うちの物置に入り込《こ》んで、その日におれがたまたま閉めてしまったのかもしれないな。それで次に開けたときには、猫は自分の家の方向がわからなくなっていたとか。何日いたのかわからないんだ」

「でも、イヤな飼い主から逃《に》げ出して新しい飼い主を探してたかもしれないっすよね」

「うーん、人懐《なつ》こい猫だったからな。飼い主からひどい仕打ちを受けていたら、もっと人間を警戒《けいかい》して近寄らなかっただろう」

沈黙《ちんもく》が続く。一分、一分三十秒、二分。二分三十秒で、ついに光也が口を開いた。

「警察は、迷子猫の届けを受けたとき、写真を預かってないですかね？　それを見せてもらえば」

「ああ、たしかに。こっちの写真を警察に見せてもいいし。今から行ってくる」

警察署は駅の反対側、ロータリーを抜《ぬ》けて五分ほど歩いたところにある。

「じゃあ、駅までいっしょに行きます」

光也がそう言うと、ヤナギもうなずいた。

おばさんは自宅に残り、おじさんと三人で家を出た。「暑いね」以外の言葉が出てこない。水音が聞こえたので、その家の庭を見たら、小さいゴムのプールで幼児がはしゃいでいた。そのそばを子犬が駆《か》け回っている。

小笠亜貴の家に行った猫も、こんなふうに家族にすっかり懐《なつ》いているんだろうか。光也はため息をついた。

5

「ごめんなさい、だって」

その日の夜、ヤナギから光也《みつや》とモリリに連絡《れんらく》が入った。最初はＳＮＳでやり取りしていたけれど、結局、テレビ電話で話した。

さっき木南《きなみ》さんから電話がかかってきたそうだ。

やはりあの猫は、近くの嫌《きら》われ者・小比企《こびき》さんが飼い主だった。木南のおじさんが警察に持っていった写真と、届け出のあった写真がとても似ていて、警察は小比企さんの家へ確認に行った。

「この子！　間違《まちが》いないです。どこにいるの？　だれが保護してくれたの？」

と、小比企さんは矢継《やつ》ぎ早に質問を浴びせてきたらしい。警察は、「少し離《はな》れたところで見つかって」と曖昧《あいまい》に言ってくれたそうだ。そして、明日また連絡《れんらく》することになっているとのことだった。

「だから、亜貴《あき》ちゃんに相談しなきゃいけないわけだよね？　猫を返してくれないか、って」

モリリが言う。スマホを持っている手に力が入っているせいか、光也は肩《かた》が凝《こ》ってきたように感じて、左手でもみほぐした。

「どうやって聞く？　ＳＮＳでささっと連絡《れんらく》するには重すぎるよな」

「うん、あたしひとりで伝えるのもつらいよ」

「だよな……」

結局、モリリがＳＮＳで翌日会う約束を取りつけた。亜貴の家の最寄《もよ》りにあたる幸川《さちがわ》駅のファストフード店に呼び出した。

亜貴とはターミナルの中央本町駅で別方向の路線になるため、三人ともこの駅で降りるのは初めてだ。

小さな駅でロータリーはない。駅前にはファストフード店、カラオケ店、牛丼屋《ぎゅうどんや》さんなどがぽつぽつと並んでいる。

光也たちが先に座って待っているところへ、亜貴が現れた。黒いＴシャツにブルージーンズ。オレンジ色の小さなトートバッグが差し色になっている。

「亜貴ちゃん、おしゃれ～。カッコいい」

と、モリリがほめる。でも、亜貴はそれには答えなかった。

「なんで、他にふたりもいんの？」

光也とヤナギが同席することを知らなかった亜貴の目は、三角にとがっている。モリリが訴《うった》えるような目でヤナギを見た。

「あ、ちょっと報告しなきゃいけないことがあって。いや、『ちょっと』っていうのは余計だった。た、大切なことで」

ヤナギの口がもつれかかっている。その気持ちが光也にはよくわかった。

罵詈雑言《ばりぞうごん》が出るに違《ちが》いない。言われたってしょうがない。亜貴には言う権利がある。

マジでふざけんな。なんで先に調べなかった？　連れて帰った猫返せって、食い終わって胃に入ったステーキ返せっていうくらいに理不尽《りふじん》だよね？

その程度のことは言われるだろう、と光也は覚悟《かくご》していた。

しかし、ヤナギの話を聞き終えた亜貴は、ひとことも口を利《き》かなかった。右手の指で、テーブルにずっと円を繰《く》り返し繰り返し書いている。円の形はまんまるになったり、楕円《だえん》になったり、ふぞろいだ。

普段《ふだん》のとっつきにくい亜貴も怖《こわ》いが、今の亜貴が一番怖い……光也はヤナギとモリリの顔をそっとうかがった。誰《だれ》も口を開く勇気はなかった。

するとようやく亜貴が顔を上げた。

「飼い主のもとに帰るのが、一番幸せに決まってる」

「う、うん」

「その人んちでは、猫はなんて呼ばれてたんだろ」

「へ……ごめん、それは聞いてないや」

ヤナギは小さく頭を下げた。

「一つお願いがある。いや、二つ」

亜貴の言葉に、光也たちは顔を見合わせながら、居住まいを正した。

「わたしは返しには行けない。元の飼い主が喜ぶ様子とか、見たら必ず泣く」

えっ、と言いかけて、光也は懸命《けんめい》に声をのみ込《こ》んだ。亜貴が泣くなんて、今まで考えたこともなかった。泣かない鉄の女のイメージがあった。

「もう一つは、今日は返せない。あんたら、今日のうちに猫を連れて帰りたかっただろうけど。うちの家族もさよならを言わないと気が済まないだろうから」

「うん、それは。それは亜貴ちゃん、当然だよ。じゃあ、ごめんね、明日また来ていい？」

「うん、ここに今日と同じ時間。三時ね。ララ、連れてくる。もうララじゃないんだね。もういい？　話、終わりだよね」

亜貴は結局、ドリンクに口をつけずに帰っていった。

ふーっ。大きく息を吐《は》いて、光也は思う。亜貴のこと、以前やなやつだと思っていたのは、なんだったんだろう。亜貴は強くて潔《いさぎよ》くて、そして猫がとてもとても好きな人だった。

「百パーセントいい人も、百パーセント悪いやつも、この世にはいないのかもな」

光也のつぶやきはスルーされた。

「あ、ごめん。あたし、明日はダメなんだった。クイズ研究会のトレーニングがある」

モリリが手を合わせ、ヤナギが叫《さけ》んだ。

「えー、マジかよぉ。おれらだけで返しに行くの、不安じゃね？」

ヤナギが光也の手首をがしっとつかむ。暑苦しい、と光也は思いながら、

「だって、向こうに返すのは木南さんだろ？」

と答えた。

「あ、そっか」

ヤナギはようやく手を放してくれた。

6

光也《みつや》が言ったとおり、直接返しに行く必要はなかった。ただし、木南《きなみ》さんが行ってくれるわけでもなかった。

「ごめんな。我々《われわれ》が返しに行くのはどうしても無理で。それくらい、あの家とは関《かか》わりたくないんだよ」

木南さんはそう言いながら、警察に連絡《れんらく》をした。巡回《じゅんかい》中の警官が立ち寄ってくれるという。

「うちが猫の失踪《しっそう》に関わってるなんて知ったら、どんな目に遭《あ》わされるかわからないから」

と、おばさんも言った。

なんか被害妄想《ひがいもうそう》なんじゃないかなー、と光也は思ったけれど、インターフォンを鳴らして来てくれた警察官ふたりは、意外なことに、当然のことでもいうように同意してくれた。

後で木南さんに聞いたところによると、この近所では、前に聞いた件以外にも小比企《こびき》さんをめぐっていろんなトラブルがあって、そのいきさつは市役所にも警察にも伝わっているのだそうだ。

庭に大きな桜の木があって、その枝がとなりの家に一メートルくらい侵入《しんにゅう》しているけれど、小比企さんは「枝を取ったら桜がかわいそう」と切るのを断固拒否《きょひ》しているという。

また、向かい側の家に来客があったとき、路上にしばらく停《と》めていた車に、硬貨《こうか》など硬《かた》いもので塗装《とそう》に傷をつけた痕《あと》が残っていて、防犯カメラに小比企さんが写っていた。でも、車の陰《かげ》に隠《かく》れていて、決定的瞬間《しゅんかん》までは撮《と》れていなかった。

それって犯罪じゃないか、と光也は思う。関わりたくないという木南さんの思いはわかる。でも、光也は逆に会ってみたいと思った。そこまで嫌《きら》われている人は、どんな風貌《ふうぼう》なのだろう。警察の人に頼《たの》んだら、同行を快諾《かいだく》してくれた。ヤナギはあまり気が進まないようだったが、ふたりでキャリーバッグを持って、いっしょに行くことにした。

警察の人はパトカーで、光也たちは歩いて、小比企さんの家に行った。警察官が門の前に立って、インターフォンを押《お》す。

「はい」

しわがれた女性の声が聞こえた。

「小比企さん、警察です。お宅のとおぼしき猫を、中学生が連れてきてくれました。確認してもらえますか？」

光也はキャリーバッグを両手でしっかり抱《かか》え直した。猫が中でごそごそ動いているので、右手が重くなったり左手が重くなったりする。

ヤナギがバッグのすき間から中を覗《のぞ》き込《こ》んだ。

しばらく待たされてから、ようやく玄関《げんかん》のドアが開いて、高齢《こうれい》の女性がゆっくりと出てくる。

この人が、地元で敬遠されまくっている人か……光也は頭から足元まで、まじまじと見つめた。正直、もっとモンスターっぽい人を想像していた。ごく普通《ふつう》の人じゃないか、と思う。髪《かみ》は短めのグレーヘア、少し猫背で、はきはきとした物言いをする。

「お待たせしてごめんなさいねえ。さあ、玄関《げんかん》まで入ってちょうだい。道端《みちばた》で猫を受け取るわけにいかないから。また走ってどっか行ったら困っちゃう」

自分で言って、ははは、と笑っている。

いい人かやな人か判定しろと言われたら、いい人を選ぶだろうな、と考えながら、光也はドアの内側へ入り、ベージュ色のじゅうたんの上にキャリーを置いた。後ろからヤナギ、そして警察官ふたりが来たので、玄関はぎゅうぎゅうだ。小比企さんは靴《くつ》を脱《ぬ》いで上がった。キャリーの蓋《ふた》を早く開けたいだろうに、光也がやるのを待っている。そういえばこのキャリーを自分でいじったことはなかった、と光也が戸惑《とまど》っていると、ヤナギが横から手を出してきて、ロックを外して、蓋を開けた。

猫がすっくと立ちあがった。キャリーのへりに前足をかけながら、大きく背筋を伸《の》ばし、そして飼い主を見つけた。

とたんにニャニャニャニャァ！　と鳴き声を上げて、猫は小比企さんに飛びついていく。体にまとわりつき、しっぽをおばさんの足に絡《から》めている。

やっぱり逃《に》げ出したくて脱走《だっそう》したんじゃなかったみたいだ。

「この猫に間違《まちが》いないですかね」

警察官が聞くと、猫にほおずりしていた小比企さんは、

「はい、うちのレモンよ。どこ行ってたの～？　レモンちゃん」

と言いながら顔を上げた。

その顔を見て、光也はハッとした。小比企さん、泣いている。鼻が真っ赤で、目がうるんでいるではないか。

「この子どこにいたの？　よく見つけてくれたわねえ」

涙《なみだ》を指でぬぐって、小比企さんはお礼を言う。光也はヤナギと顔を見合わせてから答えた。

「えっと、駅の向こうの」

くわしく聞かれるかと思ったら、小比企さんはそれで満足してくれたのでほっとした。

電車に乗ってはるか遠くまで行ったのだと話してはいけない。ララという別の名前をつけられて、かわいがられていたのだという話も、新しい飼い主がショックを受けているのだということも。

帰りに、もう一度、木南さんのところへ報告に寄った。

「すごく喜んで泣いてました」

光也はそう報告した。木南さんが言うような、いやな人には見えなかったけれど。そう付け加えようか迷いながら。

言わなくても木南さん夫婦は察したようで、

「最初はそうなんだよね」

と、おじさんがぼそっとつぶやいた。

「我々《われわれ》もそうだったな。引っ越《こ》してきたばかりの二十年前、怖《こわ》い人がいるからと教えられて、でもそんなことないし、自分はうまくやっていけると過信したんだよね」

「初めはそうやって、警戒心《けいかいしん》を解いて――」

おばさんは、そこでいくつか例を挙げて説明して、はっと口を閉じた。そして光也たちを見て、微笑《ほほえ》んだ。

「若い子に言うことじゃなかったね。ごめんね。人生、いろんな人と出会うし、周りにいい人もそうでない人もいる、って伝えたかったけど、でも、それは自分で経験したほうがいいよね。今は楽しく、前を向いてね」

木南邸《てい》を出て、川べりを駅に向かって光也とヤナギは歩いた。

「あの人、ややつだ、って関係ない相手に言ってる人も、ややつな感じがするよね？」

ヤナギがつぶやく。光也は大きく伸《の》びをした。

「うーん、でもさ、木南さん自身は、やな人じゃないよな、絶対。猫のことを心配したり、おれらにケーキ出してくれたり。あ、物につられたわけじゃないけど」

「いろんな面があるってことだな」

「大人のやなやつって、子どものやなやつより、もっとわかりにくいのかな。それか、大人も子どもも関係なく、誰《だれ》でもやな部分を持ってて、それを隠《かく》すのがうまいか下手か、みたいな」

言いながらもよくわからなくなってくる。帰宅したら秋山葵《あおい》と電話でとりとめのないおしゃべりをしたい。なぜだか光也は無性《むしょう》にそう思った。

7

「よう」

ヤナギと挨拶《あいさつ》しながら、光也《みつや》はすばやく相手の服装を上から下までチェックした。いつものヤナギの私服と違《ちが》う。見たことのないTシャツとカーゴパンツ。もちろんそれを指摘《してき》するつもりはなかった。なぜなら自分も同じように、おろしたての服だからだ。

夏休み最後の日、すなわち八月三十一日にいつもの三人プラス秋山葵《あおい》で遊ぼう、と言い出したのは光也だった。九月からまた秋山葵に会う。そのときどんな顔をしていいのかよくわからなくなったから。「友達から始めよう」と言ったけれど、異性の友達って夏休みの間、どの程度連絡《れんらく》を取り合うのかよくわからず、結局八月はほぼ疎遠《そえん》になっていた。

ふたりは映画館のロビーのソファに座っていた。先に現れたのはモリリだった。水色のワンピースを着ている。

「あれっ、あたしのことオシャレだな、ってうっとりしてるぅ？　ぐふふ。ふたりもオシャレだよぉ」

と、モリリはニッと笑った。

「なんかタレントみたいだなぁ。おれたちのモリリ、全国に知られてしまったからなぁ」

ヤナギが嘆《なげ》くそぶりを見せる。モリリはクイズ研究会の仲間二名といっしょに、クイズ甲子《こうし》園《えん》U―15全国大会に出場したのだ。一回戦で敗れてしまったけれど。

「みなさん、お待たせしました～」

頼《たの》んでいないポップコーンの箱が二つやってきた。と思ったら、その箱の陰《かげ》から秋山葵の顔が現れた。

「え、先に来て買ってたの？」

「『今、店頭にあるだけです』ってアナウンスが聞こえたから、急いで買ったの。機械が故障したんだって」

「すげえ、グッジョブ」

光也は箱の一つを受け取った。

葵こそ水色のワンピースを着そうなキャラクターに見えるけれど、紺色《こんいろ》の大きめサイズのTシャツにアイボリーのパンツ、そして黒いサンダルを着用している。そのカジュアルな服装のおかげで、光也は緊張《きんちょう》せずに話しかけることができた。

映画はヤナギがぜひ観《み》てみたいと言っていたもので、タイムトラベルもののラブストーリーだった。ほどほどにコミカル。涙《なみだ》で目が腫《は》れるような作品ではなくてよかった、と光也は思った。もっとも、葵が気になって映画にあまり集中できなかったので、どっちにしろ泣かなかったかもしれないが。

終わってから、映画館の一階に並んでいる洋服やアクセサリーの店を冷やかして歩いた。ひとりだったら決して入れない高価そうな店も四人なら気軽にのぞける。

「あー、幸せになれっかなー、将来」

ヤナギが大きく伸《の》びをしながら言う。映画で主人公がずっと幸せはどこにあるだろう、と探していたせいだ。

「こんな言葉があるの知ってる？『世の中には幸福も不幸もない。ただ、考え方でどうにでもなるのだ』」

そうモリリが聞いてきて、光也が、

「またクイズ？　だれが言ったのか当てるのムリだから」

と早めにギブアップすると、モリリは、

「シェイクスピアだよーん」

と、教えてくれた。

「葵ちゃんはどう思う？　幸せになる方法」

ヤナギが話を振《ふ》ると、葵は首を傾《かたむ》けて考えてから答えた。

「うーん、わたしは幸せって将来なるものじゃなくて、今この瞬間《しゅんかん》も幸せで。こういう一瞬《いっしゅん》をたくさん作っていけたらいいなって思うの」

光也はドキッとした。

葵がこれからたくさん作っていくという、幸せの一瞬。そのそばに、自分はずっといるんだろうか。「まずは友達から」と始めたまま、真剣《しんけん》に考えていなかった。

「うわ。光也といっしょにいるとそんなに幸せ？」

ヤナギが聞いて、モリリが、

「きゃーっ」

と、盛り上げる。

「おれも、幸せです」

と乗っかれば、三人がさらに盛り上がるのはわかっていたけれど、言えなくて、

「やばい、そろそろ帰ったほうがいいかな？」

と、腕《うで》時計の文字板をみんなの方に向けた。

8

学校がまた始まった。

光也《みつや》は、毎週月曜は朝礼で生徒会長として挨拶《あいさつ》するので、少し早めに行って打ち合わせしなくてはいけない。

また火曜日は、葵《あおい》が図書室の準備のために早く登校し、光也は〝朝活〟がある。

だからそれ以外の水、木、金曜日は葵と中央本町駅で待ち合わせて登校することにした。だいたい時間を決めておいて、現れなかったら別々《べつべつ》に登校する、というゆるめの約束だ。

九月の半ば、月曜日の朝だった。いつもより早く朝七時四十分に学校へ着くように、早めに家を出た。だから生徒は少ないけれど、会社勤めの人たちはたくさんいて、電車はむしろ混んでいる。中央本町駅で、乗り換《か》えのためにいったん改札口を出た。コンコースの真ん中に待ち合わせ場所があるのだが、この日は葵がいないので、光也は立ち止まらずにそのまま歩いた。

そのときだった。後ろから足音と女の人の、

「追いかけて！　つかまえて！」

という叫《さけ》び声、そして男性の怒鳴《どな》り声が聞こえる。

デジャヴ。この風景をおれは知っている、と光也は思った。きっとまた痴漢《ちかん》だ。今度こそサブバッグを落とさないようにしっかり左手ににぎりしめ、やってきた男の進路を塞《ふさ》ごうと思ったが、男はコンコースの左寄りのルートを通って駆《か》け抜《ぬ》けていく。

光也は懸命《けんめい》に追いかけた。相手の足が速いので、その後ろ姿を目に焼きつけようとした。紺《こん》色《いろ》のズボンに白いシャツ、黒い靴《くつ》に黒いバッグ。追いかけられたときに目立たないようにするためか、特徴《とくちょう》のない服だ。

男は流れに逆らって無理やり走っているので、誰《だれ》かとぶつかっている。

あ！　光也は男の背負ったリュックのポケットから何かが落ちたことに気づいた。

それはだれかに蹴《け》られて、コンコースの一番端《はし》にすーっと滑《すべ》っていった。

スマホだ！　手帳型のケースに入っている。光也は駆け寄ってしゃがんだ。急に止まったから、後ろの人にぶつかられたが、それでも拾わないわけにはいかない。

光也は追ってきた人にスマホを手渡《てわた》そうかと振《ふ》り返って、

「あ」

まばたきを繰《く》り返した。

息を切らしながら走ってきたのは、グレーのスーツ姿の男性、そしてもうひとりは小笠亜貴《おがさあき》ではないか。

「え、どうしたんだよ」

「盗撮《とうさつ》！　追ってって言ったのに」

「追いかけたけど、逃《に》げられて」

「くっそぅ」

光也と亜貴が知り合いだと気づいたスーツ姿の男性は、

「じゃ」

と、亜貴に右手を挙げた。

「あ、すいません。ありがとうございました」

亜貴がお礼を言ってから、光也に説明する。

「あの人、犯人の後ろにいて、わたしの声聞いていっしょに追っかけてくれたんだ」

ふうと、ため息をつく。

「逃げられたらダメだよなー。一応、駅長室行くかな」

「これ」

光也は差し出した。

「多分、犯人が落としていった」

「マジ？」

亜貴の手が伸《の》びてきた。手帳型のカバーを開いた亜貴は、

「まだ、画面オフになってない！」

と、すばやく画面をタッチした。スリープになっていなかったおかげで、パスワードを入れなくても使えるわけだ。

「すげえ。それ確認しなかった。五分くらいオフにならないように設定してるのかもな」

光也自身、初期設定をいじって、画面に触《ふ》れなくても三分は起動したままになっているようにしている。

「写真のアルバム見てみたら？　盗撮って言うなら」

「それ、今わたしがやろうとしてたとこ」

さすが、かわいくない。小笠亜貴。猫の一件以来、亜貴を見る目が少し変わった光也だったが、こういう発言を聞くとむしろホッとする。

亜貴はアルバムをタップした。最新の写真を見て、

「わーっ、ほら！　これでもわたしのカン違《ちが》いだって言う？」

と叫《さけ》んだ。いや、別にカン違《ちが》いとか思ってませんけど……と光也が反論しなかったのは、写真に目が釘付《くぎづ》けになったせいだ。

「これ、ヤバいやつ」

スカートのひだ、アップになった太もも、その奥《おく》の白いのが下着？　あ、小笠亜貴のか、と気づいて、光也はあわてて目をそらした。

しかし亜貴は気にしない。

「ねえ、ねえ、見て！」

アルバムをスクロールして、写真を遡《さかのぼ》って見ている。

他にもいくつか、同じようなアングルの盗撮《とうさつ》写真があった。それだけではない。自撮《じど》り写真があって、数人で写っているのだが、なんと、その友達らしき人が、海乃島《うみのしま》学園高校の制服を着ているではないか。光也たちの系列の高校だ。身内の先輩《せんぱい》と言える。

「さっきのあいつも、海乃島の先輩だと思う？」

光也が聞くと、亜貴はうなずいた。

「絶対そうだよ。うちの高校って制服は基準服で、私服でもオッケーだよね？　あいつ、制服着てたらバレるから、私服だったんだ」

さらにアルバムをあちこち見ていた亜貴は、

「ほらっ」

と、勝ち誇《ほこ》った声を上げた。

「入学式なら全員制服着てるでしょ、って思ったんだ」

見ると、校門の前で、同級生らしき仲間といっしょに制服姿で写っている男子がいる。日付は二年前。

「つまり、三年生かな」

光也がそう言ったときだった。後ろから背中を突《つ》かれた。ん？　と振《ふ》り返ると、そこには秋山葵が立っていた。

「おはよ」

「あ、え？」

浮気《うわき》を見られるときって、こういう感じかな。光也はドキドキしながら、

「おはよう」

と、冷静を装った。別に、亜貴に浮気しているわけではないのだが、早く登校するといって、盗撮騒《さわ》ぎにかまけて今に至るのだから。

「あっ、やべ」

早く登校しなくてはいけないのだった！　光也は亜貴に言った。

「おれ、もう行かなくちゃ」

「わたしも行きますけど」

当然だろという顔で言われた。

結局三人でそのままホームへ降りた。

「ちょっとちょっと、葵ちゃん聞いてよ」

亜貴が電車のなかで盗撮《とうさつ》の一連の経緯《けいい》を話す。周りの男性が居心地《いごこち》悪そうに、両手を上げてつり革につかまっている。自分は痴漢《ちかん》じゃないんで！　盗撮しないんで！　とアピールしているかのように。

駅に着いたところで、後ろから声をかけられた。教頭の山川先生だ。

「あなたたち、盗撮がどうの、って聞こえてきたけれど、何かあったの？」

葵と亜貴はほとんど先生と会話したことがないようで、戸惑《とまど》って顔を見合わせている。代わりに光也が答えた。生徒会の仕事をしていると、校長先生、教頭先生ともよく話すのだ。

「実は、うちのクラスの、こちらの小笠さんが、盗撮されたって。証拠《しょうこ》もあるんです」

「まあ、証拠」

スマホはもうロック画面になってしまい、パスワードがわからないから起動できない。けれど、その前に画面のいくつかを、亜貴は自分のスマホのカメラで撮影《さつえい》していたのだった。

「先生、これ見てください」

亜貴がスマホを取り出したので、光也は、

「ごめん、おれ、生徒会の打ち合わせに行く」

と言った。葵がうなずいて小声で、

「行って、行って」

と言ってくれたので、光也は走って学校まで行った。講堂に駆《か》けこむと、朝礼の打ち合わせはもう終わりに近づいていた。

「遅《おそ》いよー」

先生に怒《おこ》られたけれど平謝りして、光也は自分の挨拶《あいさつ》のリハーサルをやらせてもらった。今回は生徒会への質問箱に入っていた二つの質問への回答をすることになっている。

一つは下校時間を六時半から七時に繰《く》り下げてほしい、という希望で、これは先生の協力が不可欠なので職員会議で検討してもらう、と返事する。

もう一つは、「最近、塾《じゅく》のことで親と揉《も》めています。逃《に》げるべきか立ち向かうべきか、迷っています。どちらがいいですか？」というものだった。匿名《とくめい》で学年もわからないが、勉強の悩《なや》みだから三年生だろうか。

先生は、「生徒会の話題と違《ちが》うから答えなくてもいいよ？」と言ったけれど、光也はそれこそ「逃《に》げ」たくなかった。壇上《だんじょう》のリハーサルでも、その質問に答えた。

「この質問をくれた方は、自分が人からどう見えるかを気にしすぎなんじゃないかな、って思います。自分が逃げているように見えるか、りっぱに立ち向かっているように見えるか、どういうふうに人の目に映るかを考えすぎではないかと。ぼくの尊敬するある人が言っていました。悩《なや》んだときは、とにかく、自分がいいと思う方角に走りなさい、汗《あせ》をかきなさい、と。その言葉をそのまま贈《おく》りたいと思います。とにかく走って、汗をかく。それが人から逃げるように見えても、立ち向かうように見えても、どちらでもいいんじゃないでしょうか。終わります」

パチパチパチと拍手《はくしゅ》が聞こえて、ステージの下を見ると、先生が手を叩《たた》いていた。

「どうしたの？　京座木《きょうざき》くん。なんだかいい言葉を言っちゃって。それ、誰《だれ》の言葉かはっきり言ってもいいんじゃない？」

「え、マジですか。衆議院議員の神宮寺和博《じんぐうじかずひろ》さんの本に書いてあったんです」

勢い込《こ》んで光也が言うと、先生は首をひねった。

「あー、政治の人か。一応やめとこうか。いろんな考えの人がいるしね」

「ですよね……」

だから名前を伏《ふ》せたのに。光也が口をとがらせたのを見て、

「あ、でも先生はその言葉を読みたいから、本を買おうかな」

と言ってきたので宣伝しておいた。

「『明日の日本を生きる』って本です！　先月出たばっかで」

「へー、京座木くんってそういうの読むんだ」

文化祭委員長の中田くんが驚《おどろ》いているので、光也は何気ないふうを装った。

「おれ、知り合いなんだ。いっしょに写真撮《と》ったんだ。後で送るよ」

9

校長室のとなりにある応接室に、光也《みつや》と亜貴《あき》は通されていた。壁《かべ》には大きな風景画が飾《かざ》られている。

「お待たせ」

入ってきたのは教頭先生だ。

「どうなりました？」

亜貴が間髪《かんはつ》を容《い》れずに聞く。

光也はけさ、先に登校してしまったが、亜貴は教頭先生に盗撮《とうさつ》の写真や、スマホの持ち主と思われる男の自撮《じど》り写真をいくつか見せた。そして、おそらく海乃島《うみのしま》学園高校の生徒が犯人だという推理を述べた。

「そのスマホ、預からせてもらえる？　確認してみるね」

教頭先生はスマホを持っていったそうだ。

放課後になっても連絡《れんらく》がないので、亜貴は自分から職員室をノックして、先生に面会を申し入れたのだった。

「ついてきて」と亜貴に頼《たの》まれて、光也はくっついてきている。頼まれたというより、命令された、というほうが光也の感覚には近かったが、どっちにしろ断れなかった。猫の一件で、亜貴には借りがある。少しでも返さなくてはいけない。本当は写真動画部で、後輩《こうはい》の写真のセレクトをやることになっているのだが。

「そこ座って」

と言って、山川先生は自分も座り、例のスマホをテーブルの上に置いた。

「先生、持ち主、特定できました？」

さっきよりも早口で亜貴が言う。

「特定？」

「だから、スマホの持ち主が誰《だれ》だか。高校に聞いてくれたんですよね？」

系列だから、先生たちは知り合い同士のはずだ。実際、高校から異動してくる先生がいるし、その逆もある。

「うーん、そのことなんだけどね。うーん」

先生はあごを手でなでながら続ける。

「あなたが盗撮《とうさつ》でほんと不快な思いをしたのは、同じ女性として許せない気持ちもあるし、怖《こわ》い思いもしたと思うのよね」

「怖いっていうより怒《いか》りです」

さすが亜貴らしいと思いながら、光也はうなずく。

「これはたしかに犯罪で、ただ十代の子って本当に考えナシにこういう危《あや》ういことをやってしまうのよね。今回で反省すれば――」

亜貴がさえぎった。

「違《ちが》うんです、違うんです。画像を少ししか撮《と》らなかったから、あれですけど、スマホのアルバムには過去にもやってたなこいつ、っていう形跡《けいせき》がいくつもあって。つまり被害者《ひがいしゃ》はたくさんいるし、今回バレなかったらこれからだって」

「つまり出来心じゃないってことです」

ずっと無言でいると存在意義がないかと思い、光也は加勢した。

先生は、ちら、と光也を見て、また視線を亜貴に戻《もど》した。

「どうしたいと思ってる？」

「そりゃあ、犯人を特定して、そいつに謝らせて、なんなら警察に行ってもいいかと思って――」

「わかるわよ。怒《おこ》りたい気持ちは。けど、それって自分の学園の先輩《せんぱい》を、警察に突《つ》き出すっていうことよね？」

光也はアッと声をあげそうになった。先生の考え方がわかったからだ。それは亜貴も同じだったらしい。声が荒《あら》くなった。

「つまり先生は、学校の体面が気になるんだ⁉ だから犯人を特定したくないんだ⁉ そういうこと？」

教頭先生は視線を忙《せわ》しなく左右に動かしている。

「その言い方は違うと思うんだけど――」

「すごいガッカリです。うちの学校の先生なんだから、うちの生徒を守ってくれると思ってた。大人って、だからヤだ」

亜貴が立ち上がり、テーブルの上のスマホをひったくった。

「ちょっと！ 小笠《おがさ》さん」

先生がそう言ったときには、亜貴はもうドアを開けて出ていきかけていた。

「京座木《きょうざき》くん、事を荒立《あらだ》てないようになんとかして」

そう言われて、光也は反射的にうなずいてしまった。ドアを開けて出ていきながら、うなずかなければよかったのに、と思っていた。おれって先生にデキる生徒会長だと思われたい八方美人。

亜貴は、上履《うわば》きのまま正面玄関《げんかん》から走り出て、花壇《かだん》のベンチに両手をついて、しゃがんでいた。泣いている。

光也は、後ろから声をかけようか、横から声をかけようか、立ち上がるまで待っていようか、と、行ったり来たりしていた。亜貴の鼻が真っ赤になっている。光也はハンカチをさし出すべきところだが、あいにくポケットは空だった。

ようやく亜貴が顔を上げた。ちゃんと自分のハンカチを持っていて、目頭《めがしら》を拭《ふ》いた。

「最悪」

「うん」

「このままで済むと思うなよ？」

「え」

「今から向こうに乗り込《こ》む」

「向こうって」

「高校に行ってくる」

「え、行ってどうする……」

「このスマホの持ち主は誰《だれ》ですかーっ、って言ってやる」

「いや、それはちょっと」

先生に頼《たの》まれたからではない。そんなことをしたら亜貴は危ない目に遭《あ》うかもしれない。姉妹校とは言っても相手は高校生なのだから。

「わたし間違《まちが》ってる？　間違ってるなら言ってよ」

「いや、間違ってないけど」

「じゃあなんで止めるの？」

「危ないよ。高校にはちょっと不良っぽい感じの人もいるし。金儲《かねもう》けのために盗撮《とうさつ》やってたのかもしれないし」

「金儲け？　あの写真を売ってるってこと？」

「いや、可能性の話」

「ますます許せないよね？」

「うん、そうなんだけどさ。目をつけられたら危ないから学校に任せた方が」

「任せられないのは、さっき教頭先生の話聞いてわかったよね」

そうだ。小笠亜貴のほうが正論だ。でも……どうしたらいいんだろう。考えが決まらないまま、光也は口を開いた。

「おれもいっしょに行く」

「ほんとに?」

「いつ行く?」

「今すぐ」

マジか……と思いながら、光也はうなずいた。

10

高校の建物に入るのは、実は初めてだ。駅のホームから見えるので、遠くからはいつも眺《なが》めているのだが。

ヤナギにも付き合ってもらえばよかったな、と光也《みつや》は声をかけそびれたことを後悔《こうかい》していた。小笠亜貴《おがさあき》がさっさとバッグを持って教室を出ていったので、光也もすぐに追いかけざるを得なかったのだ。

高校の正面玄関《げんかん》前には階段が五段あって、左側が車椅子《くるまいす》用のスロープだ。神殿《しんでん》だかお城だかを連想させるような、大きな円柱が左右にあって、威圧感《いあつかん》がある。亜貴が、気圧《けお》されたのか立ち止まったので、光也は思い切って先に立った。

自動ドアが開くと、左側に事務室がある。ガラス越《ご》しに頭を下げると、座っていた人が立ち上がった。

どうしよう、と思いながら近づいてくるその人を見る。

「ご用件は？」

光也は言った。

「あの、えーっと、どなたか先生に会いたいんですけど」

「先生って、どの先生？　約束は？」

「あ、届け物があって」

「拾得物？　受け取っておきますよ」

「できれば校長先生か教頭先生に」

事務の人はメガネの奥《おく》からじーっと光也を見て、後ろの亜貴を見て、

「ちょっと待っててね」

と、出ていった。

間もなく、校長室に案内された。高校は、中学と違《ちが》って土足のままでいいみたいだ。

現れた先生も、ぴかぴかの真っ黒な革靴《かわぐつ》姿だった。灰色のスーツがいかめしい。

「君が京座木《きょうざき》くんだね。生徒会長だそうだね」

光也は亜貴と顔を見合わせた。うちの教頭先生がどうやら先回りして、連絡《れんらく》していたらしい。

「あの、ぼくの話ではなくて、彼女《かのじょ》のことなんですけども。小笠さんと言います」

校長がちっとも亜貴を見ようとしないので、光也はそう言った。ようやく校長先生は亜貴の顔を見た。

「何か？」

つっけんどんな言い方に臆《おく》する亜貴ではない。

「これです」

バッグから出したスマホを手に持ったまま見せた。

「こちらの学校の誰《だれ》かのものだと思います。顔はわかるんですけど、名前は知らないので」

それを光也に渡《わた》し、自分のスマホを取り出してアルバムを開いた。

「中にあった写真です。四枚しかないですけど。ほらこれ。ひどいでしょ？　本当は男の先生にこれ見せるのもヤなんですけど」

「これは……」

校長先生は顔をしかめながら、写真をじっと見る。

「それから、こっち見てください。このカメラの持ち主が自撮《じど》りした写真です。右目とほっぺしか写ってないけど、ほら、周りの子たち、制服着てますよね」

先生はテーブルの上にあったメガネをかけて改めてもう一度見た。

「ふむ。たしかにこれはゆゆしきことだと思う。スマホが誰のものなのか調査して厳正に処分したいし、君にも謝らせないといけない」

亜貴の口元に笑《え》みが浮《う》かんだ。やっぱり、高校の先生のほうがわかってくれる。さすが。そう言いたいのが光也にも伝わってきた。

「では追って連絡《れんらく》するが、学校経由で知らせるほうがいいのか、君本人に連絡がほしいのか、どちらがいいかな？」

「そりゃあ、選ばせてもらえるならわたしに」

亜貴は即答《そくとう》した。先生はうなずいて、メモ用紙と、黒地に金色の模様の入ったボールペンを渡《わた》してきた。

「ここに連絡先を書いてくれるか。電話でもメールでも」

書き終えて、亜貴が立ち上がり、光也もお辞儀《じぎ》して外に出た。

「校長先生に会えてよかったな」

光也は言った。

「わたしが会いに行くって言ったおかげだよ」

亜貴がいばっている。苦笑しながら光也はうなずいた。

「なーんてね。京座木には感謝してる」

「え、何」

聞き違《ちが》えたかと思った。

「二度は言わない」

そう言って亜貴はにやっと笑った。

11

海乃島《うみのしま》学園高校を訪ねてから三日がたった。

その日、光也《みつや》は秋山葵《あおい》と下校していた。以前、たまり場になっていた市立図書館カフェに、葵も行ってみたいと言い出したからだ。市立図書館には何度も行っているけれど、地下には立ち寄ったことがないらしい。会話を盗《ぬす》み聞きされた店なので、光也はあれ以来一度も行っていなかったのだが。

川べりの道を歩く。小比企《こびき》さんの家のそばを通ったときは、あの猫、元気にやっているんだろうか、とわずかな時間だが思いを馳《は》せた。

「あ、鯉《こい》がいる」

フェンスから身を乗り出して川をよく見ようとする葵の肩《かた》を思わずつかんだ。

「危ないよ」

「あ、うん……」

葵の顔が赤くなっていく。光也もドキッとして手を放した。いや、放さなければよかったかな。肩に手を置いたまま歩いたっていいのかもしれない。友達から始めよう、と言ったままになっているが、その先をどうするか、決めるべきなのだ。それが今なのか？　もっとじっくり考えて改めて言うべきか？

そんな思いで光也は頭がいっぱいになって、遠くから近づいてくる足音に直前まで気づかなかった。誰《だれ》か来ている。肩に手を置いたのを見られた？　と思いながら振《ふ》り返った瞬間《しゅんかん》、ぺしっと頭を叩《たた》かれた。

そこにいたのは小笠亜貴《おがさあき》だった。

「お、おい、どうしたんだよ」

見てない。見てなかったよな、今の。探《さぐ》るように聞く。

亜貴は肩をいからせながら呼吸していた。

「さっき、教頭先生に呼ばれてたんだ」

どうやら亜貴はまったく見ていなくて、もし見たとしても気にもかけていない様子だ。

「高校の？　うちの学校の？」

「うちの教頭。全然連絡《れんらく》ないからどうなってますか！　って昨日、高校に連絡したのね。そしたらわかり次第《しだい》わたしに返事しますって言ってたのに結局、教頭経由」

「なんかイヤな予感がするな」

「そう！　そのとおり」

葵は黙《だま》って亜貴を見つめる。亜貴は右手をグーにして、左手にパシパシと打ちつけた。

「スマホの持ち主は見つかりませんでした、って」

「へ？」

「全校生徒の前でスマホを見せて、持ち主がいたら取りに来てください、って言ったけど、誰《だれ》も来ないいって。『じゃあ、警察に届けるんですか！』って言ったら、うちの学校の生徒のものではあるはずだから、当分、学校で保管しますって」

口を挟《はさ》む隙《すき》もなく、亜貴はまくしたてる。

「つまり！　隠蔽《いんぺい》だよね。スマホの持ち主は、犯罪がバレるくらいなら、スマホを捨てようって思ったわけじゃない？　だから取りに行かない。学校側はそれがわかってて、警察に届けると誰だかわかっちゃうから、学校のどこかにしまっといて、結局うやむやにする。あー、マジあり得ない」

「うーん」

まだあの校長先生を信じたい自分がいる。来年はあそこの学校に入学するのだから。小笠亜貴は少ない情報で決めつけ過ぎだよ、と光也は言いたい気もする。でも……。

一つの物事の善悪よりも大事なものが、大人になると出てくるのかもしれない。誰かを守る、組織を守る、といったような。

「学校じゃなくて警察に直《じか》に届ければよかった。こんな世の中、夢も希望もない」

光也は葵を見た。こんなとき、葵ならどう答えるんだろう。

「亜貴ちゃん、明日からいっしょに登校しよう」

そう葵は言った。

「え」

「わたしと光也くん、水、木、金曜は中央本町駅のコンコースで待ち合わせしてるんだ。そこで会えばいっしょに行けるし、イヤなことあったら、助けるから言って」

いや、ふたりで話す時間がほしいから待ち合わせするようになったわけで、そこに小笠亜貴が来ちゃったら台なしだよ、と光也は思ったが、そんなことを言ったら、「やなやつ」の大合唱が始まってもおかしくない。神妙《しんみょう》にうなずくしかなかった。

「ありがとう。葵ちゃんって本当にいい人だね」

「そんなことないよー」

「いい人って、必ず前を向いてるんだろうね。あたしみたいに後ろばっかり見て怒《おこ》ってるとダメなんだろうな」

亜貴が葵の肩《かた》に手を回して歩いている。

こら、さっきおれがつかんだ肩。その感触《かんしょく》を上書きすんな、と光也は心のなかで叫《さけ》んだ。

12

海乃島《うみのしま》学園高校の正面玄関《げんかん》はやっぱり威圧感《いあつかん》がすごい。二度目なんだからもう慣れろよ、と光也《みつや》は自分のお腹《なか》に言いたかった。なんだかしくしく痛むのだ。前回は小笠亜貴《おがさあき》がいっしょだったけれど、今日はひとりだ。そのせいかもしれない。

前回と同じように事務員の人が出てきたので、

「生徒会長の矢島さんと約束があります」

と言うと、ベンチに腰掛《こしか》けて待つように言われた。そばにある掲示板《けいじばん》を眺《なが》めていると、

「君が京座木《きょうざき》くん？」

と声がした。明るい茶色の髪《かみ》の女の人が立っていた。基準服の制服ではなくて、私服だ。白いパーカーに、デニムのスカート。高校はスマホを堂々《どうどう》と校内で使用していいみたいで、赤いスマホホルダーを斜《なな》め掛《が》けにしている。

「はい、矢島さんですか？」

「うん。連絡《れんらく》ありがとう。生徒会室に行こうか。こっち」

先を歩いていく矢島さんに、光也はついていった。

実は、生徒会担当の源《みなもと》先生にお願いしたのだ。高校の生徒会長に会ってみたい、と。理由は言わなかった。ただ、中学の会長としてもっと学びたいから、交流したいのだ、とだけ言って。先生は快諾《かいだく》して連絡を取ってくれた。

「今日、生徒会の役員会はないんだ。だから、わたしひとりなんだけどいい？　もし誰《だれ》かもっと話聞きたかったら、呼ぶけど」

正直、ひとりのほうがありがたかった。何人もいたら、もっと緊張《きんちょう》してしまう。

「あ、大丈夫《だいじょうぶ》です」

とだけ答えた。

生徒会室は二階の理科室の横にあって、窓からはグラウンドが見えた。サッカー部が練習している。窓際《まどぎわ》の席を勧《すす》められて、座った。

「あの、実は相談したいことがあって」

光也はすぐに切り出した。話を聞きたいんじゃないの？　と変な顔をされるかと思ったが、矢島さんはふんわりうなずいた。

「なんか、そんな気がした」

「え？」

「だって、生徒会同士の交流なら、そっちの副会長や書記も来たっていいでしょ？」

「すみません……」

「どうしたの？　後輩《こうはい》なんだから、なんでも聞いてくれたまえ」

おどけた口調に乗っかって、冗談《じょうだん》を言いたくなる。が、早く話をしたい気持ちが勝った。

「あの」

光也はバッグからクリアファイルを取り出した。

「実は、うちの学校の生徒が、駅で盗撮《とうさつ》被害《ひがい》にあって」

「え」

光也は一連の出来事を説明した。矢島さんは口元に手を当てて聞いている。光也が話し終わると、矢島さんはため息を二度ついた。

「やっぱり噂《うわさ》は本当なのかな」

「噂？」

「となりの駅に公立高校あるでしょ？　そこに友達が通ってるんだけど、盗撮に遭《あ》って、犯人がたぶんうちの学校の生徒じゃないか、って言ってきて。そのときは、実はちょっと憤慨《ふんがい》しちゃって、『そんなことないと思うよ？』って根拠《こんきょ》なく言っちゃった」

「みんな、自分の学校を悪く言われたくないですよね」

先生たちの対応を思い出しながら、光也は言った。

「それで、京座木くんは、どうしたいの？」

矢島さんに言われて、光也はクリアファイルから紙を取り出した。

写真動画部の部室でヤナギといっしょに作ったものだ。

中央に写真がある。スマホで写真を撮《と》ろうとしている後ろ姿の男性。これは光也がモデルで、ヤナギに撮ってもらった。敢《あ》えてピントをぼかしている。

その下に「ＳＴＯＰ！　痴漢《ちかん》／守ろう！　楽しく歩ける街」という大きなキャッチコピー。

さらにその下に「最近、盗撮《とうさつ》、痴漢が増えています。見つけたら声を上げましょう。駅員さんに伝えましょう。みんなでこの街を守りましょう。みなさんご協力お願いいたします。」という文を入れた。

「おれと友達のふたりだけで作ったんです。盗撮《とうさつ》に遭《あ》った女子が落ち込《こ》んでるんで、学校の周りの電柱とか、駅の掲示板《けいじばん》に貼《は》ってやろうと思って。でも、規約があるみたいですよね。勝手にそういうの貼っちゃいけないっていう」

「ああ、そうだね。自治体の許可が必要だよね。駅は広告と見なされるからお金がかかったり」

「あきらめきれなくて、持ってきちゃったんです。たとえば、校内のどっかにこっそり貼ってもらうとか、できないかな、って。犯人はこれを見たら、わかると思うんです。『おまえのことを言ってるんだぞ』って」

矢島さんがこくこくと、十回くらいうなずいてくれる。

「わかった」

「ありがとうございます」

貼ってくれるのかな。口で言っているだけで、実際はわかんないよな。そう思ったときだった。

「これデータある？」

と聞かれた。

「え？」

「全校生徒に配ろう。生徒会からの告知として。データに加筆したいんだ。海乃島《うみのしま》学園高校生徒会会長、中学生徒会会長って連名でどうだろう？」

「ええっ」

「京座木くんが作ったのに、手柄《てがら》をもらっちゃうみたいで悪いけど、今日これいっしょに作ったことにしない？　生徒会長同士が交流して、最近、こういう問題があるから、連名で文書を作ろうって決めたことに。わたし、うちの生徒会の先生に話を通すから、京座木くんもそっちできる？」

「は、はい！」

源先生はいつも親身になってくれるから、きっとオッケーをもらえるはずだ。

「ありがとうございます！」

不意に涙《なみだ》が出てきそうになって、あわてて窓の外に目をやって、サッカー部のパス練習に見入るふりをした。

13

食卓《しょくたく》には宅配ピザが二枚と大きなサラダが置かれている。

お母さんは職場の打ち上げだそうで、お父さんと光也《みつや》とふたりの晩ご飯だ。お父さんがテレビをつけた。ニュース番組が流れ始める。

「よう、最近どうだ」

めったにふたりきりにならないから、こういうとき、お父さんはこのような漠然《ばくぜん》とした聞き方をする。以前の光也はそれがとても苦手だった。それで、「まあ、特に変わりは」なんてぶっきらぼうに答えていたのだが、今は素直《すなお》に答えたくなった。

「こないだ高校の生徒会と連名で、痴漢撲滅《ちかんぼくめつ》キャンペーンをやったんだよ」

チラシを全クラスに配布した後、休み時間になって、小笠亜貴《おがさあき》が光也の席に来た。「あんた、最高なやつだね」と言って、光也の背中を手形が残りそうな勢いでバシーンと叩《たた》いて、席に戻《もど》っていった。思い出すだけで、背中がまたヒリヒリしてくる。

「今時の生徒会はそんなこともやるのか」

「まあ、例外的な活動だけど。あと、今月は部活動の規約を変える話が出てて、生徒会はそれで忙《いそが》しいんだ。来月が文化祭で、それが終わると、いろいろ総まとめやって、生徒会長の任期が終わるんだよ」

海乃島《うみのしま》学園中の場合、前期の生徒会は六月から十一月末日、後期が十二月から五月末日となっていること、つまり、次の会長は二年生が必ずやるわけで、文化祭が終わると間もなく選挙の投票が行われることなどを光也は改めてお父さんに説明した。

「ようやってるなぁ。父さんは、生徒会長なんていう優等生とは別の世界の平民だったからな」

平民という言い方がおかしくて、光也は笑った。

「まあ伯父《おじ》さんのおかげだよ。それと、もうひとり――」

神宮寺和博《じんぐうじかずひろ》さんだよ、外務大臣の。そう言いかけたとき、ずばり、その名前が聞こえてきたことに光也は気づいた。

あれ？　と思ったら、テレビだった。アナウンサーが神宮寺さんの名前を連呼しているではないか。

「神宮寺外務大臣が政治資金パーティーの収入を政治資金収支報告書に記載《きさい》していなかったこ

とが明らかになりました」

「これって、なんかまずいの？」

光也が聞くと、お父さんはため息をついた。

「汚職《おしょく》だよ。これだから、政治家は。清廉《せいれん》さのかけらもない」

お父さんは、光也が神宮寺大臣に会った話など、とうに忘れてしまっているようだった。

政治資金のことはよくわからないが、一方的に決めつけられるのを聞き捨てるわけにはいかない。

「きっと事情があるんだと思うよ？」

「いやいや、お金がほしいのに事情なんかないだろ。こうやって私腹を肥やしていくんだよ。あー、政治家なんてなるもんじゃない。おまえも、伯父さんがああだこうだ言ってるが、あんまり鵜呑《うの》みにするなよ」

そうじゃない。光也は神宮寺さんに会ったときのやりとりを思い出す。きっと何かの手違《てちが》いだ。もしそうではなかったとしても、そのお金は私腹を肥やすためなんかじゃない。やりたい政治をやるために必要なお金なんだ。

テレビに映っている神宮寺さんの写真は、目つきが悪くて口角が上がっていて、何か企《たくら》みながらにやっと笑っているような表情だ。悪いニュースだから、テレビ局はわざとそういう写真を選んでいるんだな、と光也は思う。本当の神宮寺さんは、貫禄《かんろく》ありつつも親しみやすいおじさんなのに。

14

翌朝、光也《みつや》が目を覚ますと、もう家を出なくてはいけない時間だった。神宮寺《じんぐうじ》さんのことを考えていて眠《ねむ》れなくなってしまい、朝方になってようやく寝入《ねい》ったのだ。

今日はお父さんもお母さんも先に家を出たので、寝坊《ねぼう》したときに起こしてもらえなかった。

あわてて、テーブルの上のパンをかじって牛乳で流し込《こ》んで、光也は家を出た。

しまった。小雨がぱらついている。が、傘《かさ》を取りに戻《もど》る時間が惜《お》しくて、光也はそのまま走った。

電車がいつもより空いていて、同じ制服を着ている人はいない。理由は明らかだ。この電車だと確実に遅刻《ちこく》するから。

入江《いりえ》駅を出て走った。お気に入りの川べりの道は距離《きょり》が長くなるので、最短距離の大通りを突《つ》っ走る。雨が、小雨を超《こ》えてきた気がする。小雨と大雨の中間は中雨だろうか、などとどうでもいいことを考えているうち、学校に着いた。

教室に入って、先生に、

「水もしたたるイイ男」

とからかわれて、みんなに笑われながら着席した。そのとき、なぜだかモリリがちっとも笑わずに真顔でこちらを見ているのが気になった。

昼休み、モリリを誘《さそ》って学食に行った。すみっこの空いている席を見つけて、聞いてみた。

「モリリ、どうした？」

「ん？」

「なんか、心配そうな顔してたからさ。おれ、とっても気がつくナイスガイだから」

光也が言うと、モリリはくすっと笑った。

「逆だよぅ」

「え？」

「光也のことが心配だったの。ＳＮＳでさ、拡散されてるの、気に病《や》んでるかなーって」

「ＳＮＳで拡散……って何」

大きな卵焼きを食べかけていたモリリは、お弁当箱にそれを戻《もど》した。

「スマホ見てない？　ＰＡＳＰＡＬってアプリあるでしょ？」

「おれ、アカウントだけは持ってる」

「そこで、光也の写真が拡散されてる」

「なんの？　脱《ぬ》いでる写真？　撮《と》った覚えないけどなー」

光也はボケてみたが、モリリは乗っかっているヒマはないとばかりに続けた。

「神宮寺さんと握手《あくしゅ》してる写真」

「へ」

「ほら、わたしたちにも送ってくれたじゃない？　あれが出回って、誰《だれ》かが入手したみたい」

「それの何が問題？　政治的だから？」

「そっか。じゃあいいんだね？　けっこうからかわれてる感じで、やなトーンの投稿《とうこう》だったけど」

写真動画部の光也は学校内でもスマホを使うのは許されている。が、さすがにみんながいる学食で起動するのは目立ちすぎだ。

「どんなトーン？」

「『海乃島《うみのしま》学園中の生徒会長、ヤバいっす』とか『うっかりヤバい人とつながってるっす』とか」

「ふうん……ちょっとトイレ」

光也は立ち上がって、学食を出て、トイレの個室に閉じこもってスマホを起動した。

本当だ。同じ写真を、文章を変えて連投している。モリリが言ったとおりの文言もある。さらに他の投稿《とうこう》も読んだ。

うわ、これひどくね？　思わず声が漏《も》れそうになった。

『生徒会長の京座木《きょうざき》光也も裏金やってるそうです』

固有名詞を出されている上に、わけのわからない中傷。なんでそれにイイネが十六個もついているのか。

投稿しているアカウントはただ一つだ。誰《だれ》なんだこいつは、と光也はチェックした。

アカウント名は「ダウンザライン」。プロフィールは一切なし。遡《さかのぼ》っていくと、空の写真にひとこと付けている投稿が目立つ。たとえば曇天《どんてん》の写真に、「負けたのはおれのせいじゃない」など。

いったい誰なんだろう。執拗《しつよう》に、光也に粘着《ねんちゃく》するのはなぜなのか。

「あ」

モリリを待たせていることに気づいた。

手を洗って外に出て席に戻《もど》ると、光也の弁当箱だけがぽつんと置かれていた。モリリは、と探すと、少し離《はな》れた席で、女子たちと盛り上がっていた。

いつもモリリは誰かに囲まれている。心配することなかった。今、心配なのは自分のほうだ。帰宅してから、改めて「ダウンザライン」の投稿をずっと遡った。一年前にアカウントを開設したようだ。読んでいくうちに、直感的にわかってきた。こいつは同年代だ。使っている言葉とかリズムから伝わってくる。世代が違《ちが》うと、何この言葉の使い方、というのがだいたいある。でも、一連の投稿にはそういう違和感《いわかん》がまったくなかった。

海と陸の写真があった。建物が入らないように工夫して撮《と》られているが、これは、入江湾《いりえわん》と海乃島《うみのしま》ではないだろうか。とすると、もしかしたら同じ学校のやつか。どうしても正体を確かめたくなった。

インターネットで調べてみた。投稿をする際、どこからそれが書き込《こ》まれたのか、IPアドレスというものを調べたらわかるそうだ。そのIPアドレスは、普段《ふだん》はプロバイダーの秘密だが裁判所へ「開示請求《せいきゅう》」を申し立てて、認められると教えてもらえる。どこの誰かわかったら、損害賠償請求《ばいしょうせいきゅう》の裁判を起こすのがよくあるパターンらしい。

未成年者だと、法定代理人がその手続きを行うそうで、そのためにはまず親に話さなくてはいけない。自分がネットで中傷されているなんて、できれば隠《かく》したい情報だ。でも……どうしても正体を知りたい。

その日の晩、光也はお父さんに相談してみた。

お母さんは、持っていたお箸《はし》をテーブルに落とすほどに動揺《どうよう》していたみたいだが、何も言わずに食べ続けた。お父さんもおそらくびっくりしていただろうが、

「それは親としても許せんことだな。そのＩＰアドレスを調べようじゃないか」

と言ってくれた。お母さんの職場の人に相談するという案も出たが、結局、元春伯父《もとはるおじ》さんがこういうことには強いのではないか、とお父さんが言って、さっそく電話してくれた。伯父さんは弁護士を紹介《しょうかい》してくれることになった。その後、交代して光也が電話に出た。

「伯父さん、正直、気味が悪いんだ。誰《だれ》だかわかんない人の中傷って」

思わず本音をもらすと、伯父さんは朗らかに言った。

「光也がやりたいようにやったらいいさ。でも、これだけはわかっとけ。おまえが光を浴びる存在だからこそ、後ろに影《かげ》ができるんだ。光を浴びないものには影すらできないのさ」

うん、と軽々《かるがる》しく返事をしてはいけないような気がして、光也は、

「はい」

と、かしこまって答えた。

15

「おれ、『ダウンザライン』と徹底的《てっていてき》に戦うことにしたからさ」

次の日は、駅のコンコースで葵《あおい》と待ち合わせする日だった。光也《みつや》は入江《いりえ》駅に着いて、川べりを歩き始めると葵にそう宣言した。モリリに教えてもらったことから始めて、これまでの経緯《けいい》を話した。徹底的に戦うとは、IPアドレスの開示請求《せいきゅう》をすることなんだ、と伝えた。

でも言いつつも、自己満足な気がした。きっと葵はよくわからないだろうな、おれが話していることにも興味が湧《わ》かないに違《ちが》いない。光也が話題を変えようと思ったとき、意外にも葵は質問を投げかけてきた。

「IPアドレスってすぐにわかるものなの?」

「ああ。裁判所を通してプロバイダーに開示請求するんだ。以前はそれ、かなり大変で時間もかかったんだけど、今はけっこう早く手続きできるようになってきたらしい」

「光也くんは、『ダウンザライン』の正体が知りたいんだね？」

「そりゃそうだろ。何度もおれのことを中傷してる。神宮寺《じんぐうじ》さんのこともバカにしているし」

「ＩＰアドレスを知った後はどうするの？」

「裁判を起こすんだ。そいつに損害賠償《ばいしょう》を請求《せいきゅう》する」

「でも……」

「まあ、葵はこういうのあんまり好きじゃないかもしれないけどさ」

葵みたいないい人、と心のなかでは思うけれど、光也はそれを口に出さないようにしていた。わたしはいい人なんかじゃない、と葵が言うから。

「向こうは匿名《とくめい》だから何言ってもいいと思ってる。そういうやつには思い知らせなきゃダメなんだ」

「光也くんは、その人がどんな人か、想像してる？」

「最初は二十代、三十代の大人かと思ったけど、きっと同世代だ」

「もし中学生だったら損害賠償なんて応じられないよね」

「そりゃ親だよ。親の監督《かんとく》責任だから、親に払《はら》ってもらう。子どもがネットをそんなふうに使って人を中傷してたなんてわかったら、親も愕然《がくぜん》とするよな」

久しぶりにおれの性格悪い部分が噴出《ふんしゅつ》しているな、と光也は思う。それなりにいい人になろうとした歪《ゆが》みが一気に出てきたのかもしれない。

「弁護士も見つかりそうなんだ。決まり次第《しだい》すぐ開示請求やる」

そう宣言すると、光也は体がふわっと軽くなる気がした。こいつの中傷をどれだけ気に病《や》んでいたのか実感した。

川沿いの空き地にはススキがたくさん生えていて、そこに西日が当たって金色に光っている。光也はリュックからカメラを取り出して撮影《さつえい》した。

「そろそろ行かないと」

葵が腕《うで》時計を見て言うまで、光也は撮《と》り続けた。久しぶりにいい画が撮れた気がする。文化祭に出品する作品は既《すで》に用意してあるけれど、差し替《か》えてもいいかもしれない。

「光也くんの気持ちはわかるけど、開示請求しない方がいい気がする」

歩きながら葵がつぶやく。

「へ」

高揚《こうよう》していた気分がしぼんでいくのを光也は感じていた。

「なんで」

「だって、傷つくよ。その人も、その家族も」

「え、何。見ず知らずの人が傷つくのがかわいそうで、おれは傷ついてもいいわけ？」

思ったより大きな声が出て、川沿いのフェンスにとまっていたカラスが、ばっと飛び立っていく。

「そうじゃないんだけど」

葵の声に力がない。学校から予鈴《よれい》が聞こえてくる。いつもなら葵といっしょに走るけれど、光也は自分のスピードで全力疾走《しっそう》した。

その日の放課後は部活があった。ヤナギといっしょに、グラウンドのすみの倉庫で古い額縁《がくぶち》を探すことになった。美術準備室に置かせてもらっているのだが、多すぎて一部を倉庫に収納しているのだ。文化祭で展示するため、これから写真を一点一点額装していかなくてはいけない。

「あ、おれ、トイレ寄ってから行く」

ヤナギが廊下《ろうか》を曲がったので、光也は先に下足室に着いた。

あれ。

葵が立っている。声をかけようと思ったけれど、なんだか様子が変だ。小さな紙きれを手に持って、靴箱《くつばこ》の前にたたずんでいる。

そして不意にその紙きれを、誰《だれ》かの靴箱に入れた。まるで、ラブレターやバレンタインチョコを入れるときのように。

光也は胸のあたりを針先で強めになでられているような、ひんやりとした痛みを感じた。

「それ、何」

葵がハッとした顔でこちらを見る。紙きれを引ったくって逃《に》げるかと思ったが、そんなことはしなかった。ただ、硬直《こうちょく》している。

光也は靴箱の前まで行った。紙きれがある。名前を確認したら、平野賢哉《けんや》だった。

「これ、何」

光也が聞いても葵は下を向いて首を横に振《ふ》るだけだ。

「おーい、お待たせぇ」

ヤナギの声が後ろから聞こえてくる。すぐに異変を察知したようで、足音は遠ざかっていった。

「読んでもいいわけ？」

紙きれを手に取って光也が聞いた。ダメ！　と言われるかと思ったら、葵は黙《だま》っている。

光也は開いた。

　ダウンザラインはあなたですよね
　中傷はやめた方がいいと思います

それだけが書かれていた。間違《まちが》いなく葵の筆跡《ひっせき》だ。小さくて丸い文字。

え、何、どういうこと。「ダウンザライン」がテニス部の平野賢哉？

「これはほんとなわけ？」

「たぶん」

「なんでおれに言わないの」

「それは」

「おれと付き合いかけてんだよね？　あ、まだ友達だからいいのか。だから他のヤツとこそっとやり取りしたって自由なんだ」

「そういう言い方だと――」

「いやわかるよ。平野に対して、好きとかそういう感情じゃないって弁解したいんだろ？　でもさ、一番そばにいて傷ついてるおれじゃなくて、あいつを救いたいってことなんだよな？　ああ、君がいい人だからか。いい人の正義っていうのは、『自分のカレが一番大事』とかじゃなくって、誰《だれ》に対してもいい人ってことなんだよな」

もっと悪態をつきたかった。まくしたてたかった。だが、下足室には次々《つぎつぎ》と生徒たちがやってくる。

「お、光也、何してんの？」

「葵ちゃん、いっしょに帰る？」

声をかけてくる人がいるので、落ち着いて話せない。何より、平野賢哉がいつ来るかわからない。

「ちょっとどっかで話したい」

光也が言うと、葵はうなずいて、手のひらを差し出してきた。紙きれを返してと言っている。

光也が渡《わた》すと、葵はそれをもう一度、平野の靴箱《くつばこ》にそっと置いた。

置くのかよ！　光也は引ったくりたい衝動《しょうどう》をこらえた。受け取った平野のリアクションを知りたいという気持ちも芽生えていた。

「屋上でも行こうか」

そう光也が言うと、葵はうなずいた。

階段を上がって鉄の扉《とびら》を開けると、白くて薄《うす》い雲が空を覆《おお》っていた。

グラウンドでは、運動部の他、いろんな文化部が木材を切ったり、何かを運んだり、文化祭に向けて作業している。

あ、そういえば倉庫。光也は思い出した。きっとヤナギが他の誰かを呼んで、額を運んでくれているだろう。

「なんで、ダウンザラインが平野なわけ？　知ってたのにおれに言わなかったわけ？」

葵は首をしばし傾《かたむ》けてから答えた。

「確実にはわからないの。だから言わなかった」

「じゃあ、なんでそう思った？」

「ダウンザラインって、調べたらテニス用語だったの。サイドラインに沿って打つ、ストレートのこと」

「そうなんだ。で？」

「平野くん、テニス部だから。あ、それだけじゃなくて」

口を閉じたので、光也は、

「全部、言ってくれ」

と先を促《うなが》した。

「初めてこのアカウントを見たのはずいぶん前で。わたしはＰＡＳＰＡＬやってないんだけど、うちのお姉ちゃんがやってて。お姉ちゃん、たまにわたしが映ってる写真をアップするんだけど、そのときにこのダウンザラインさんが必ず『イイネ』押《お》すって。『あんたの知り合いじゃない？』って言われて、見るようになって」

葵が写っている写真になぜ平野が「イイネ」を押すんだ？　光也は自分の心のなかを、雲が覆《おお》っていく気がした。今のこの空を覆っている薄《うす》い雲ではなく、もっと厚くて灰色の雲。

「空の写真と抽象的《ちゅうしょうてき》な文が多いから、誰《だれ》だかわからなかったけど、ショットやアドバンテージって言葉を見て、テニスをやってる人かなと思って」

「ふうん」

「それでね」

大きく息を吐《は》いて、それから葵は大きく吸った。

「平野くんのプライバシーだから、言わないでおきたかったけど……告白されたんだ」

話題が思いがけない方向へ行って、おれは何かずっこけるリアクションを取りたかったが、
実際にはフェンスを右手でぎゅっと痛いほどつかんだだけだった。

「いつ」

「選挙の前」

「それで」

「他に好きな人がいるから、って断った」

「それで」

「それで、何もしないのも、平野くんに対して失礼なのかなと思って、他の好きな人に自分から告白することにした」

選挙戦の真っ最中。あまりに突然《とつぜん》の葵からの告白。そういう理由があったのか！

もし今のシーンを漫画《まんが》にしたら、おれの頭の周りに「！」マークが花火のように飛び散って

いることだろう。

つまり、秋山葵がおれに告白してくれたのは、平野のおかげ、と言うのはおかしいが、きっかけにはなったわけだ。気分が良くなってきた自分を叱《しか》る。まだ謎《なぞ》は解けてないだろう？

「それとダウンザラインがどうつながるの」

「告白を断った後の投稿《とうこう》が……なんだろう、なんとなくだけど、平野くんなのかな、って。抽《ちゅう》象的《しょうてき》なんだけど」

「ふうん」

自分が遡《さかのぼ》ったときは、よくわからないことばっかりつぶやいてんなと思ったけれど、一つ一つの言葉に意味があったのかもしれない。光也は後でもう一度読み返してみようと思った。

「それから、平野くんの学校での様子をちょっと気にするようになって。テニス部の試合があるときは、ああ、投稿でわかるなあ、とか」

「なるほど」

「抽象的な文が多かったから、突然《とつぜん》、光也くんのことを中傷し始めたとき、びっくりして」

平野は、光也に対して溜《た》まりに溜まったものがあったのかもしれない。葵が光也に告白していい雰囲気《ふんいき》になっていること、そしてその光也が平野に勝って生徒会長に選ばれたこと――。

「でも、まだわかんないいんだろ？　そうかなって思ってるだけで」

「うん。全部、想像なの」

「君が置いたメモで、状況《じょうきょう》が変わるかだな」

「うん」

「しばらく様子を見るしかないのかな」

「うん」

光也はフェンスからグラウンドを見た。一番奥《おく》のテニスコートでは試合をやっているようだった。平野がいるのかいないのか、光也の視力では見えなかった。

16

ダウンザラインが消えた。

アカウントが削除《さくじょ》されたのだ。

光也《みつや》を煽《あお》っていた投稿《とうこう》も、すべてなくなった。

そのことに光也が気づいたのは、葵《あおい》と話した当日の夜遅《おそ》くだった。投稿を遡《さかのぼ》って、選挙戦のあたりに何を書き込《こ》んでいたか、チェックしてやろうと思ったのだ。そして異変に気づいた。

何も見当たらず、検索《けんさく》しても何も出てこなかった。

やっぱり平野だったんだ。葵の警告に怯《おび》えたのか、あるいは葵の筆跡《ひっせき》だと気づいて恥《は》ずかしくなったのか、その動機はわからない。いずれにしろアカウントは消え、光也のことを煽る文章はなくなった。何人かがダウンザラインにイイネを押《お》したり拡散したりしていたけれど、そこからさらに別の人が写真を流用する、というほどには注目されていなかった。

次の日は土曜日で学校は休みだった。光也は伯父《おじ》さんに電話してみた。つながらずに留守電になったので、アカウントが削除されたことを報告した。

するとと三十分ほどして、折り返し電話がかかってきた。

「おう、光也よかったな。留守電聞いたぞ」

「伯父さんに弁護士さんのこと、相談してたけど」

「ああ、大丈夫《だいじょうぶ》。連絡《れんらく》しといた」

「着手金、立て替《か》えてくれるって言ってたやつは」

「はは、心配してくれてたのか。まだ準備は進んでなかったから、無料でキャンセルできたぞ」

「あ、よかった、ありがとう」

ふう、とため息を一つついてから、光也は聞いた。

「あの、伯父さん。神宮寺《じんぐうじ》さんは大丈夫かな」

大臣をやめるのかやめないのか、ニュースは連日盛り上がっている。神宮寺さんは「秘書の行動を把握《はあく》してなかった」ことを詫《わ》びたものの、自分がやめると外交に空白ができる、と退任はしないつもりみたいだ。

「あの人は、何があっても平気さ」

伯父さんは意外とあっさり答えた。

「伯父《おじ》さん、おれは神宮寺さんの味方だから」

「そうなのか？」

聞き返されて、光也はびっくりした。

「伯父さんはそうじゃないの？」

逆境のときこそ支えるべきじゃないのか？

「あの人が外交に必死なのも、秘書に任せていて悪意がなかったのも本当だと思う。でも、ルールを守ることは、政治をやる上では絶対に大事で、それを無視してもいいとなったら、民主主義じゃなくなってしまう」

「え、おれは神宮寺さんが理想の人みたいに思ってて」

「誰《だれ》かを理想と決めつけて、そのとおりにしようっていうのは、楽なやり方なんだと思うぞ。何もかもを信じ切るんじゃなくて、あくまでも自分の目で判断すべきだ」

「そうか……」

「いや、偉《えら》そうなことを言ったけど、光也、私もいっしょなんだよ」

「へ？」

「神宮寺さんは間違《まちが》ってない、何か理由があるはずだって、思い込《こ》みたかった。でもそれじゃだめだ。あの人は、若くして一気に上りつめたから、どこかで無理をしたんだ。私も追いかけて国政へ、という気持ちはたしかにあったんだが、そうやって市政を踏《ふ》み台にするのはいけないんじゃないかって反省している。要するに、今いるところでもっと地に足つけて、周りをしっかり見ながら頑張《がんば》ろうって思うんだ」

「そうしたら神宮寺さんは」

「自分がやめたら外交が止まる。それは事実だろうけど、誰か後任を見つけ次第《しだい》、けじめをつけないといけないだろうな」

「けじめ」

「もちろん、人は何度だってやり直せるから。あの人のパワー、知ってるだろう?」

「うん」

「次はルールを守ってさ」

「うん」

電話を切ってから、光也は考え込んだ。人を丸ごと信じ切って追いかけるのは楽なやり方だ、という言葉がぐるぐると頭をめぐった。

自分で見て、考えて生きていく。

大人になるって難しい。でもだからこそ面白いのかもしれない。そう思えただけでも、少しは人格を改造できたんだろうか?

17

「こんなでっかい図書館があるなんて知らなかった」

今まで図書館といえば、学校と大賀《おおが》市立図書館しか光也《みつや》は知らなかった。県立図書館に行くのは初めてだ。

忙《いそが》しい十一月が過ぎ去り、生徒会長の仕事は終わった。

葵《あおい》に、ダウンザライン事件を解決してくれたお礼をしたかった。ＯＧＡ　ＩＳＬＡＮＤでも行く？　と誘《さそ》ってみたら、むしろこちらに行きたいと逆に誘《さそ》われたのだ。

県立図書館では、「世界の翻訳《ほんやく》文学展」をやっていて、葵はそれがお目当てだった。同じタイトルの本が世界各国でどんな装丁で出ているか、見ることができる。内容が同じだなんてとても思えないほどに違《ちが》うテイストになっている本も多くて、光也は自分が思っていた以上に、熱心に見入った。

とはいえ、やはり葵よりは早く見終わってしまった。光也は、展示室の出口から続く広い吹《ふ》き抜《ぬ》けで、ベンチに腰《こし》かけてスマホをいじっていた。ヤナギから、『今どこにいるんだ』とメッセージが届いたので、『県立図書館でデート中、そっちは？』と送った。既読《きどく》になっているのに返事がない。聞いておいて失礼なやつ。

葵がようやく出てきて、となりに腰《こし》かけた。展示室のなかは声を出してはいけないような雰《ふん》囲気《いき》だったが、ここは開放的で、広い窓からは大きな桜の木も見える。言わなくては。伝えたかったことを。

「あのさ、おれ」

「うん？」

葵がこちらを見た。

「葵にいろいろきついこと言って、ごめん。その……平野のこととかで」

「ああ、うん」

「おれがいるのに、他の男にメモ送るとか、どういうことだよって嫉妬《しっと》っつーか。葵と合わない部分があるなと思ったこともあるけど、そうじゃない。葵は、もっと高いところから、全部見渡《みわた》してんだな。冷静っていうかさ。おれは性格もこんなだし、いろいろ小さいなって。自分で自分にがっかりするくらいだから、葵も相当幻滅《げんめつ》してるだろうな、って」

ふふ、となぜだか葵は笑った。

「嫉妬《しっと》してくれてたの？」

「へ」

「光也くんが、わたしに嫉妬してくれるなんて、うれしい」

にこにこしている葵は、前とちっとも変わっていなかった。

光也は言うつもりだった。幻滅《げんめつ》しているなら、「恋愛《れんあい》をまずは友達から始めよう」という前提自体、白紙にしてもいいんだぜ、と。でも、そうやって葵の気持ちを疑うこと自体が、自分のダメなところなんだ、と思った。どうやっても、おれはいい人にはなれない。でも、葵を見習って、いつかは物事を高いところから広く見られるようになりたい。何があっても、たとえば中傷されても、冷静に対応できる人間でいたい。

「もし、ほんとに幻滅してないならさ」

光也は立ち上がった。

「恋人《こいびと》になってもらえませんか」

座ったままの葵に向かって、右手を差し出す。恋愛バラエティみたいで恥《は》ずかしいけれど、その恥ずかしさくらい耐《た》えなくてはいけないと思った。

五秒、十秒待った気がしたけれど、実際は一秒だったかもしれない。葵の手が、光也の手に触《ふ》れた。

「わーっ」

「すげえ瞬間《しゅんかん》を見た！」

モリリとヤナギの声が同時に聞こえてきて、

「はっ？」

光也は顔が赤くなるのを感じた。おれ、仕組まれた？　と一瞬《いっしゅん》思ってから、いや、自分が今勝手に突然《とつぜん》告白したんじゃないか、と思い直す。

「おれら、葵ちゃんに、県立図書館行くって聞いてたからさ、市立図書館のカフェを制した者は、県立図書館のカフェも制しようって、ふたりを待ち伏《ぶ》せするつもりで」

「来ないから迎《むか》えに来たの。そしたら……びっくりした！　でもおめでとう！　めちゃくちゃうれしい」

モリリが葵をハグする。

「じゃあ、おれも」

ヤナギが光也をハグしに来たので、

「や、やめろぉ」

と、笑いながら押《お》し返した。

そして光也は思った。おれ、少しだけいいやつになったのかもしれない。前だったら、こういう場面で恥《は》ずかしさをごまかすために、怒《おこ》り出して場の雰囲気《ふんいき》をぐちゃぐちゃにして、先に帰っていた。こうやって笑って、祝福を素直《すなお》に受けられるのっていいな。そして何より、葵とこれからもっともっといっしょにいられることも。

「カフェ、どこにあんの？」

光也が聞くとモリリが答える。

「地下」

「ドリンクとかある？」

「ある！」

「じゃあ、しょうがねえな。おれがおごるよ」

「わーい！　ごちそうになります」

モリリがぐふふと笑う。ヤナギは、

「本当は、『生徒会長お疲《つか》れさまでした会』ってことで、おれらがおごるつもりだったけど、そこまでおっしゃるなら、ねえ」

と、同じようにぐふふと笑う。似た者同士、お似合いのふたりだなと光也は思った。

おれと葵は、どんなふたりになるんだろう。

「さ、行くぜ。あと一時間くらいで閉館だろ?」

夕方四時。十二月になると、この時間でも空が暗くなってきている。

光也は先に立って歩き出そうとして、

「おっ」

と、前方のケヤキの木を指さした。

クリスマスのイルミネーションのライトがぐるぐる巻かれていて、青に、緑に、黄色に、ピンクに光り始めたところだった。

吉野万理子

神奈川県出身。上智大学文学部卒業。新聞社、出版社で編集業務に携わった後、2002年、『葬式新聞』で、日本テレビシナリオ登龍門優秀賞受賞、脚本家としてデビュー。2004年『仔犬のワルツ』の脚本執筆。2005年『秋の大三角』で第一回新潮エンターテインメント新人賞を受賞。2011年『想い出あずかります』(新潮社)を原作としたNHKラジオドラマの脚本を自ら執筆。主な作品に、『チームふたり』をはじめとする「チーム」シリーズ(学研プラス)、『100年見つめてきました』(講談社)、『いい人ランキング』『南西の風やや強く』(共にあすなろ書房)など。

＊本作品は、朝日中高生新聞の連載「やなやつ改造計画」(2023年4月〜9月)を大幅に加筆したものです。

やなやつ改造計画

2025年1月30日　初版発行
2025年3月20日　2刷発行

著者／吉野万理子
発行者／山浦真一
発行所／あすなろ書房
〒162-0041 東京都新宿区早稲田鶴巻町551-4
電話 03-3203-3350(代表)
印刷所／佐久印刷所
製本所／ナショナル製本

 ISBN978-4-7515-3226-3
NDC913 Printed in Japan